Amelie C.
LAHOSZ

Amelie C. Vlahosz

7 Blumen

Bibliografische Information der Deutschen Nationalbibliothek: Die Deutsche Nationalbibliothek verzeichnet diese Publikation in der Deutschen Nationalbibliografie; detaillierte bibliografische Daten sind im Internet über dnb.dnb.de abrufbar.

Herstellung und Verlag: BoD – Books on Demand, Norderstedt

ISBN: 9-783756-295500

Amelie C. Vlahosz

7 Blumen

Diese Widmung geht an mich selber:
Danke, dass du deinen faulen Arsch zum Schreiben gebracht hast und nun sogar deine eigenen Bücher in den Händen halten kannst. Und dass du deine Mutter damit endlich mal stolz machen konntest.

(Mutti, wenn du das liest, dann lese bitte nicht weiter. Jetzt kommt nur das seltsame erste nicht-FanFiction-Geschreibe einer 15-jährigen.)

Prolog

Viele versuchen dem anderen zu gefallen, sich als jemand gutes darzustellen und immer den Erwartungen des anderen zu entsprechen. Selbst, wenn man sich dafür komplett verändern muss und man nicht mehr 'MANSELBST' ist. Niemand zeigt, wie man wirklich ist, seine schlechten, hässlichen Seiten, niemand soll sie sehen. Diese Seiten von sich, versucht jeder zu verstecken.

Wozu?

Warum verändert man sich für andere? Warum bleibt man nicht man selber? Und warum können wir andere nicht akzeptieren, wie sie sind und man selber auch nicht, wie man selber ist? Besonders, wenn man anders, als andere ist und man sein WAHRESGESICHT zeigt.

Die Antwort ist ganz einfach: Angst.

Jeder hat Angst vor dem, was anders ist. Jeder hat Angst vor dem Anders sein, weil man nicht ausgeschlossen werden und alleine sein will, oder nicht von anderen verletzt werden will.

Früher wurden anders farbige Menschen deswegen, eben weil sie anders waren, auch anders behandelt, weil die anderen Menschen Angst vor ihnen hatten.

Heute ist es aber nicht anders.

Jeder versucht vor dieser Angst, vor der Dunkelheit in einem, zu fliehen. Aber was ist, wenn man aufhört vor ihr zu fliehen und sich ihr hingibt? Was ist, wenn man selber zur Dunkelheit wird und sich ganz zu einem, in den Augen der Menschen, anderen Individuum 'verwandelt' und diese Dunkelheit aus ihrem 'Käfig' lässt, obwohl doch jeder so eine Dunkelheit in sich trägt, sie bloß nicht zeigen will oder versteckt. Egal, aus welchem Grund. Wenn man sie rauslässt, weil man keine Angst mehr vor den Konsequenzen und dem, was passieren kann hat...

Was da wohl alles passieren kann? Das wird man wohl eines Tages, egal auf welche Art und Weise, selber herausfinden...

1

Immer diese Kopfschmerzen. Gibt es keinen Tag, an dem man Mal ohne Schmerzen durchs Leben kann? Gerade, wo man so einen Gedanken fassen kann, merkt man auch schon, dass alleine diese Frage die Antwort ist. Immerhin würde man sich so etwas nicht fragen, wenn es so wäre.

Und im nächsten Moment merkt man auch schon, dass man aufstehen muss, um den vom Menschen geschaffenen Alltag, nachzugehen, obwohl man eigentlich keine Lust hat, um 7 Uhr morgens, sich für die Schule fertig zu machen. Und trotzdem tut man es, weil man an die Konsequenzen denkt.

Und so stehe auch ich auf, um mich für einen weiteren, sinnlosen, schmerzvollen Tag fertig zu machen.

Diese Welt wird als etwas Gutes dargestellt, zumindest versuchen es die Meisten. Aber egal wie oft und wie viele es sagen, die Realität sieht anders aus. Egal wie sehr man sich auch einredet, dass es nicht so ist, dass es eine schöne, schmerzlose Welt ist, wird es doch immer dasselbe sein, weil niemand als schlecht dastehen will und deswegen immer anderen die Schuld für etwas gibt.

Aber trotzdem gibt es überall ein Licht, egal, wie klein es auch sein mag. Entweder die Familie, Freunde, ein Hobby, ein Tier oder etwas ganz anderes. In diesem Fall wäre es wohl eine Freundin, so eine, mit der man durch dick und dünn geht und die schlimmsten Unwetter übersteht.

●●●

„Komm schon! Oder sollen wir wieder zu spät kommen, wegen DIR?" Und da war auch schon meine genervte Stimme, die einem lieblichen und entschuldigenden Blick entgegenrief. Ihre großen grünen Augen leuchteten immer so auf, wenn sie so guckte, durch ihre helle Haut wurden diese immer besonders betont. Damit, ihrer dünnen Figur und ihren bis zur Mitte vom Rücken gehenden glatten braunen Haare sah sie aus, wie eine Katze, besonders, weil sie einen Kopf kleiner als ich war. Sie sah ganz anders aus, als ich, mit meinen leuchtend, aber dennoch dunkelblauen Augen und meinen wuschelig blond-roten Haaren. Aber wir hatten beide dieselbe blase, helle Haut.
„Tut mir leid. Ich habe verschlafen ...", sagte sie, mit einer genauso entschuldigend und lieb klingenden Stimme, worauf ich nur eine genervte Antwort geben konnte. „Ja, schon wieder, wie eigentlich jeden Tag!"
„Ich kann doch nix für meinen Wecker! Wenn er

nicht klingelt, dann klingelt er halt nicht!"

„Dann stell ihn!"

„Tu ich doch!"

„Jetzt auch egal, wir müssen uns nämlich echt beeilen", und mit diesen Worten, rannten wir auch schon los.

●●●

Sie wohnte nicht so weit von der Schule entfernt. Wir mussten nur die Straße zu einem kleinen Wald lang, durch den wir meistens gingen, weil er eine Abkürzung war, da er mit einem kleinen Wald von der Schule verbunden war. Dieser war - oder ist - unser Ort, wo wir uns jede Pause aufhalten, und auch, wo wir uns kennengelernt haben. Dort haben wir viel erlebt.

Heute sind wir auch diese Abkürzung lang. Wir mussten nur immer aufpassen, dass uns niemand sah und dass wir nicht unsere Sachen am Zaun zerrissen, da er schon kaputt war. Einmal ist mir das passiert. Meine Hose hatte einen riesigen Riss, von meinem Knöchel, bis zu meinem Oberschenkel. Ich wurde von allen Seiten dumm angeguckt und hab dumme Kommentare entgegennehmen müssen, worauf hin ich immer sagte: „Ich probiere halt neue Mode aus. Kann ja nicht jeder, wie man sieht."

Wir mussten dann über den Schulhof laufen. Was immer am schwierigsten war, weil unser neuer Hausmeister dort lieber seine Zigaretten rauchte anstatt zu arbeiten.

Wir sahen ihn auch dieses Mal und versuchten uns hinter den Büschen zu verstecken, die um eine Wiese mit einem Teich verliefen. Sie reichten fast bis zum Eingang des Schulgebäudes, weswegen wir nur gucken mussten, wann der Hausmeister in unsere Richtung guckte und wann nicht. Sobald er nicht zu uns sah, rannten wir zur Eingangstür und gingen so schnell wie möglich rein.

Wir mussten in den dritten Stock, um in unseren Unterrichtsraum zu gelangen. Wir hatten eine nicht so große Schule, weswegen wir schnell dort waren. In jeder Etage wurden die Wände unterschiedlich bestrichen, was mir bestimmt eines Tages Augenkrebs geben wird. Es waren immer gelb, orange und rot Töne. Einfach nur hässlich.

Auf dem Weg zu unserem Raum begegneten wir noch ein paar Zuspätkommern, aus anderen Klassen.

Gerade, als wir die Klingel hörten, kamen wir in den Raum gerannt und genau wie jeden anderen Tag, waren schon alle anderen da. Jeder sah uns mit diesem Blick voller Schadenfreude an.

„Na gerade noch so geschafft ...", murmelte ich außer Atem zu meiner Rechten, wo ein gleiches nach Luft ringendes Schnauben zu hören war.

Dieses Lächeln, was wieder einmal beweist, dass jeder Mensch diese schlechte Seite besitzt. Selbst, wenn man sich einredet, dass in jedem etwas Gutes steckt, merkt man es doch trotzdem immer wieder...

Es gibt keine guten Menschen.

„Zu spät. Ihr seid zu spät." Genauso nervig wie ihre

Blicke, sind auch ihre Stimmen.

„Nein. Es hat erst geklingelt, als wir in den Raum kamen und außerdem, ist das eh egal, weil noch kein Lehrer da ist", mit diesen Worten streckte ich jedem, der etwas gegen uns sagte, die Zunge raus.

„Komm! Setzen wir uns lieber schnell hin, bevor doch noch ein Lehrer kommt." Ich konnte nicht mal was sagen, da zog sie mich schon auf unsere Sitzbank zu, welche in der hintersten Reihe am Fenster war. Um diesen Sitzplatz haben wir uns mit ein paar anderen gestritten. Wir hatten ihn siegreich errungen, indem ich eine Mehlbombe, die ich selber gebaut hatte, nur für solche Fälle, auf den Boden warf, woraufhin alle husten mussten und ich mich schnell auf den Platz gesetzte hatte. Alle sahen mich nur wütend an, wobei es mehr am Mehl liegen musste, welches jeder an seinen Sachen und in seinem Gesicht und Haaren gehabt hatte -ich und der Boden eingeschlossen. Anika setzte sich in der Zeit schnell zu mir und meinte nur, dass ich es nicht übertreiben muss. Danach durfte ich den Boden und alles andere im Raum, was Mehl abbekommen hatte, putzen. Aber ganz ehrlich, das war es mir wert.

Unser Klassenraum war nicht besonders groß. Hinter der hinteren Reihe, gab es eine Art kleinen Gang, der zu Schränken führte. Neben der Tür waren die Tafel und daneben der Lehrertisch.

Schnell packten wir alles aus und gerade, als wir fertig waren, kam auch schon ein Lehrer rein und starrte uns verblüfft an. Seine schwarzen Haare glichen einem Panda oder so, fand ich immer, und dann noch die dunkelbraunen Augen. „Seit wann denn so pünktlich?", fragte er nur, mit einem immer noch verblüfften Gesichtsausdruck.

Ich bin eine sehr freche Person und habe gerne das letzte Wort, durch eine sehr sture Art, weswegen ich nur antwortete: „Tja. Wir sind halt wahre Musterschüler."

„Wenn das nur wirklich so wäre ...", sagte er nur mit einem Seufzer und leichtem Lächeln. Da guckte ich ihn nur entsetzt an und drehte mich beleidigt weg.

Ich kam doch nur immer zu spät, weil meine beste Freundin Anika immer verschläft.

Ich sah sie mit meinem beleidigten Blick an und sie sah mich nur entschuldigend an, mal wieder, wie eigentlich immer.

Ich erinnere mich noch an einen Tag, da hat sie wie eigentlich fast immer wieder verschlafen und wir hätten deswegen fast eine Klassenarbeit verpasst - nachschreiben wollen hätte ich die ganz bestimmt nicht.

War jetzt auch egal, denn wir mussten etwas von der Tafel abschreiben, was dran geschrieben wurde, als ich gerade in Gedanken versunken war.

Ich bin aber fast immer in Gedanken versunken, wenn Unterricht war oder beziehungsweise ist, weil wenn ich einmal einen Gedanken haben, gleich auf den nächsten komme und immer so weiter. Aber auch manchmal in anderen Situationen. Ich habe so gesehen ein Aufmerksamkeitsproblem, aber nur ein kleines, immerhin haben doch viele sowas. Ich wurde durch das entsetzliche Quietschen, von den Stühlen, die schon sehr alt waren, dass schon das Holz anfing abzublättern, ja auch immer rechtzeitig aus meinen Gedanken geholt. Aber das auch nur meistens.

•••

„Mann. Die haben mir schon wieder Zettel zugeworfen."
Ich drehte mich zu Anika und fragte: „Was stand drauf?"
Darauf hielt sie mir ein paar zerknüllte Blätter hin. Ich las mir ein paar durch und darauf standen Dinge wie:
du bist nutzlos,
geh sterben,
jemand wie dich braucht niemand.
Ich sah sie an und sie hatte leichte Tränen in den Augen. Sie war eine Person, die sehr nah am Wasser gebaut war. Sie wurde jetzt auch schon seit längerem von mehreren aus unserer Klasse gemobbt und damit kommt sie nicht so gut klar.
„Von wem sind die?", ich deutete auf die Zettel, die sie mir gerade noch gegeben hatte.
„Ich bin mir nicht sicher... Mir haben so viele Zettel zu geworfen ...", mit diesen Worten sah sie auf den Boden.
Mobbing ist Scheiße.
Mich wollten die auch mobben, aber weil ich jemand bin, der sich nicht unterbuttern lässt, haben sie bei mir nix weiter gemacht, als mir irgendwelche

Beleidigungen zu zurufen oder irgendwas anderes, wo ich nicht genau sagen kann, von wem es kommt.

„Ich weiß nicht, was ich tun soll. Ich halte das einfach nicht mehr aus. Erst gestern, da haben sie meine Sachen angezündet, auch wenn du mir geholfen hast sie zu löschen, kaputt sind sie trotzdem ...", sagte sie, während sie in ihren Ärmel schniefte.

Ich legte ihr meinen Arm um die Schulter und sah mich um. Da wir gerade Pause hatten und kein Lehrer in der Nähe war, weil Herr Meier Aufsicht hatte, welcher lieber mit dem Hausmeister, hinter das Schulgebäude zum Rauchen ging, war es ganz praktisch für mich, Anika zu rächen.

Ich sah schon vom Weiten, wie diese Idioten aus unserer Klasse uns Siegreich angrinsten.

Ich lief hin und ließ Anika stehen.

Sie drehte sich um und wollte gerade etwas sagen, da war ich schon zu den Jungs gerannt und hatte ihrem 'Boss' eine verpasst. So, dass er nun auf dem Boden mit seinen Händen an seiner blutenden Nase hing. Er hatte dunkelblonde Haare und eine robuste Figur, könnte man sagen, aber in seinem Kopf muss es ziemlich leer aussehen.

„Du bist ja total verrückt!", mit diesen Worten sah er mich mit seinen Waldgrünen Augen an, worauf ich antwortete, mit einer sehr wütenden Stimme: „Und was bist du? Sich an Schwächeren zu vergreifen! Du bist noch viel schlimmer als verrückt! Also sei still, Ben!" Mit diesen Worten sah ich auch die anderen warnend an.

In dieser Zeit kam auch schon Anika angerannt.

„Das hättest du nicht tun müssen", sagte sie zurückhaltend.

„Oh doch, hätte ich oder jemand anderes, sonst lernen die das nie!"

„Dafür wirst du sicher Erger bekommen."

„Das ist mir egal, solange ich ihn dafür schlagen konnte."

Sie sah die Jungs noch mit verheultem Gesicht an, um zu gucken, ob ich den anderen auch was getan hatte und dann gingen wir.

Solche Leute, die andere mies behandeln, weil sie sich selber mies fühlen, kann ich absolut nicht leiden.

„Danke", sagte sie noch zu mir, bevor es zur letzten Stunde klingelte.

„Kein Problem. Du weißt doch, dass ich immer für dich da bin."

• • •

Wir liefen gerade nach Hause und verabschiedeten uns, als wir bei Anika Zuhause ankamen.

Sie sagte nicht wie sonst immer auf Wiedersehen, sondern: „Es tut mir leid." Da ging sie auch schon ins Haus und schloss die Tür.

Ich lief los, da kamen auch schon ein paar der Jungs mir entgegen und sahen mich leicht verängstigt an, als ich sie böse ansah. Und gerade als ich weiterlaufen wollte, kam einer der beiden zu mir. Es war einer namens Erik. Er war etwas dicker, hatte braune Augen und hellbraune Haare. „Hör mal. Das wegen vorhin ... Dafür können wir dich anzeigen und du musst uns dann Geld geben, wegen Körperverletzung."

„Na du hörst dich ja sehr überzeugend an. Andere verletzen und dann auch noch Schmerzensgeld wollen. Du bist mir ja einer.

Weißt du eigentlich, für was ich dich alles anzeigen könnte? Ich habe erst letztens gesehen, wie du ein paar Kaugummis geklaut hast."

"Das waren ja auch nur Kaugummis ...", sagte er, während er seinen Kopf verlegen zur Seite drehte.

„Und trotzdem war es Diebstahl." Mit diesen Worten ging ich an ihm vorbei und hörte nur, wie mir irgendetwas hinterhergerufen wurde.

Je länger ich denen zuhöre, umso dämlicher kommen die mir vor, und es fühlt sich an, als würde sich ihre Dummheit auf einen übertragen. Je mehr ich darüber nachdenke, umso dümmer komme ich mir vor.

Warum sollte man sich über solche Leute Gedanken machen? Vielleicht liegt es daran, dass ich mich mal in so jemanden verliebt habe. Und was kam raus? Ganz einfach. Er hat mich gemobbt und das war echt nicht super, weil er andere dazu angestiftet hat mit zu machen. Ich muss hier mal anmerken, dass ich auch nah am Wasser gebaut war, genauso, wie Anika jetzt und ich hatte niemanden, der mir aus dieser Situation raushalf. Ich bin nach dem Abschluss dieser Schule einfach zu einer Weiterführenden Schule gewechselt und habe Anika kennen gelernt. In ihr, sah ich mich selbst, auch wenn es nur ein bisschen war. Weil ich weiß, wie es mir damals ging, habe ich angefangen, ihr aus dieser Situation zu helfen.

Damals war es aber kein richtiges Mobbing. Sie hatten uns beide eher geärgert. Es war nicht mal was Schlimmes für uns. Ein gegenseitiges Ärgern unter Jungs und Mädchen, aber irgendetwas hatte sich verändert.

Das geht nun schon ein Jahr so, dass sie so schlimme Sachen machen. Und gerade wo man aufhören will, über solche Dinge nachzudenken, sieht man auch schon, dass man schon zuhause angekommen ist. Also lief ich ins Haus, zog mir meine Schuhe aus, ging in mein Zimmer (was neben dem Wohnzimmert war) und legte meine Sachen zur Seite.

Weil ich keinen Vater habe, da er meine Mutter einfach im Stich gelassen hat, als ich noch klein war, um mit einer reichen Zicke zusammen zu sein, die er nicht mal liebte, hatte er auch keine Rechte mehr mir gegenüber. Meine Mutter arbeitet sehr oft und lange, weswegen ich meiste Zeit alleine bin. Es stört mich eigentlich nicht, dass ich keinen Vater mehr habe, da er ein schlechter Vater war. Was mich aber stört ist, dass meine Mutter so viel wegen ihm arbeiten muss und ich immer, wenn ich in den Spiegelgucke, ihn sehen muss, weil ich eher nach ihm, als nach meiner Mutter komme.

Genauso war es heute auch, dass ich alleine war.

Ich esse meistens nur Fertigzeug, weil ich zwar kochen kann, aber es kein bisschen schmeckt und Fertigessen da um einiges leckerer ist.

Also ging ich mit dem Gedanken in die Küche, um mir etwas zu Essen zu machen, beziehungsweise mir Fertigzeug zu machen.

Heute war also genauso ein schrecklicher Tag wie immer.

Jeden Tag das Gleiche: ich stehe auf, gehe zu Anika, sie hat verschlafen, wir gehen oder wohl eher rennen zur Schule, kommen gerade so rechtzeitig an oder auch nicht, sie wird gemobbt, ich teils, ich schlag jemand in seine hässliche Visage, Schule ist zu Ende, ich laufe mit Anika nach Hause, wir verabschieden uns, ich komme nach Hause, mache mir Essen, bin alleine, mache Schulzeug, zeichne, lese ein Buch oder mache irgendwas anderes, warte dann bis meine Mutter nach Hause kommt, welche dann was mit mir isst und dann sofort schlafen geht, während ich noch sauber mache, bis ich mich dann selber fürs Bett fertig mache.

Nie ist ein Tag, an dem mal etwas anderes passiert, außer dem Wochenende, wo meine Mutter sich versucht, von der Woche zu erholen und ich mich um den Haushalt kümmere.

Nie ist ein schöner Tag.

Manchmal würde ich gerne, wie andere es so oft tun, einfach alles durch eine Rosarotebrille sehen können und denken: „Heute ist doch mal ein schöner Tag." Aber das kann ich nicht, weil ich realistisch denke. Ich kann einfach nicht meine Augen vor etwas schließe, was genau vor meinen Augen gerade passiert. Zu schön wäre es, so etwas zu können.

Ich denke vielleicht zu viel über solche Sachen nach. Aber wenn ich es nicht tue, was sollte ich dann machen? Meine Augen vor etwas verschließen, wovor ich meine Augen nicht verschließen kann? Und mit diesem Gedanken höre ich schon, wie die Tür aufgeht und meine erschöpfte Mutter reinkommt und nur fragte: „Kannst du mir ein Glas Wasser geben?", worauf hin ich aufstand, um ihr eins zu bringen.

Ich dachte oft an solche Was-wäre-wenn-Situationen.

Was wäre, wenn mein Vater uns nicht verlassen hätte? Wäre ich heute glücklicher und nicht so einsam? Würde meine Mutter nicht so viel arbeiten müssen? Würde es ihr besser gehen?

Was wäre, wenn ich nicht so verarscht worden wäre, die ganze Zeit, in meinem Gottverdammten Leben? Würde ich dann glücklich und naiv durch mein Leben gehen, so wie viele andere auch?

Was wäre, wenn ich Anika nie getroffen hätte? Wie es ihr dann wohl gehen würde? Würden die anderen dann noch Schlimmeres mit ihr machen?

Ich habe einmal gesehen, wie sie sich geritzt hat, weil sie den ganzen Druck nicht mehr ausgehalten hat, den sie durchs Mobbing bekommen hat. Würde sie so etwas nicht mehr tun, wenn diese Idioten aufhören würden oder würde sie weiter machen, weil sie schon zu stark zerstört wurde von ihnen? Was kann man nur dagegen tun? Ich kann nix machen, auch wenn ich es vielleicht doch kann, weiß ich trotzdem nicht was. Bei mir konnte ich das auch nicht. Die Lehrer ignorieren das Ganze und wenn wir mal was sagen, wird nur gesagt, dass wir das unter uns klären sollen, außerdem würden sie ja eigentlich nix machen, es sind ja nur pubertierende Jungs, sowas muss man einfach ignorieren. Wenn ich dann aber meine Faust denen in ihr Gesicht schlage, dann heißt es nicht mehr, klärt das unter euch oder ist ja nix dabei. Wenn ich das mache, dann sagen sie was von Körperverletzung oder gegen das Menschen-recht, aber wenn ich dann sagen, was sie so auf die Zettel an Anika schreiben, dann fangen die Jungs an zu lügen und ihnen wird geglaubt. Das ist einfach nur unfair. Wie können sich solche Leute nur als Lehrer und helfende Personen bezeichnen oder sogar gerechte?

Da war es wieder. Dieses Gedankenverlorene Mädchen.

Ich.

Ich mache mir über so vieles Gedanken und wie ich diese Probleme lösen könnte. Aber etwas einfallen? Nein, einfallen tut mir nie was.

Ich erinnerte mich an diese Zeit, als ich gemobbt wurde. Daran, was sie mit mir machten.

Einmal haben sie mich im Klo eingesperrt und vergessen mich wieder raus zu lassen. Ich musste die ganze Nacht in der Schule bleiben und ich hatte so große Angst. Ich bekam dadurch sogar Platzangst. Ich war mehr als verzweifelt deswegen, als ich rauskam und es den Lehrern sagte, meinten diese nur, dass es nur ein Unfall und keine Absicht sicher war. Wie sie das denn überhaupt gemacht haben sollten?

Das taten sie immer, weil niemand sich die Mühe machen will dagegen etwas zu unternehmen.

Meine Platzangst wurde ich glücklicher Weise wieder los, auch wenn es etwas gedauert hatte.

Es regt einen einfach nur auf.

Meine Mutter hatte mir solche Angst gemacht, als sie mich deswegen voll nölte, weil sie einfach so wütend war, dass ich nicht nach Hause gekommen war nach der Schule und ich ihr nicht mal Bescheid gegeben hatte, aber das konnte ich ja auch nicht. Was ich zusagen hatte, wollte sie sich nicht anhören.

In diesen Momenten merkt man, dass die ganze Welt gegen einen ist. Egal was man macht, man wird betrogen und belogen. Niemandem kann man etwas recht machen. Was man sagt ist anderen nicht recht. Was man tut ist andren nicht recht. Was man mag ist anderen nicht recht. Wie man ist, ist anderen nicht recht. Wer man ist, ist anderen nicht recht. Das Leben von einem und wie man es lebt, ist das anderen dann eigentlich auch nicht recht? Was muss man dann tun, um anderen gerecht zu werden?

Tut einfach gar nix. Ihr werdet es eh nicht schaffen, bleibt ihr selber und ändert euch nicht für jemanden, der euch eh fallen lässt, nachdem diese Person euch nicht mehr braucht. Wer einen nicht so akzeptiert, wie er ist, der ist es nicht wert. Das muss man sich immer merken, wenn man sich für jemand anderes ändern will. Man sollte sich nur für sich selber ändern, nicht für andere, egal was ist.

Ihr werdet gemobbt? Wehrt euch dagegen!

So habe ich es immer gedacht und gemacht.

Ich habe mich stark gemacht. Daran zu denken, dass ich mich von anderen wieder benutzen lasse oder derartiges, davon wird mir schlecht.

Nun lag ich in meinem Bett, schrieb den Tag auf, da ich Tagebuch schrieb, weil ich weiß, dass man sich nicht alles merken kann, was im Leben so passiert, aber ich es gerne als Erinnerung aufzeichnen würde.

Gerade, als ich damit fertig geworden bin, legte ich das Buch und den Stift auf die Seite und legte mich unter meine Decke, mit meinen Gedanken immer noch am heutigen Tag.

Es erinnerte mich daran, wie Anika zum ersten Mal zu mir kam und mir sagte, dass sie gemobbt wird und damit nicht umgehen kann. In diesem Augenblick musste ich daran denken, wie ich selber eine Zeitlang gemobbt wurde, in dem man mich bespuckte, beleidigte und unter Druck setzte oder ausnutzte. Ich wollte sie davor beschützen und dann fing ich auch an damit.

Aber wenn ich so drüber nachdenke, hat es nix gebracht, da sie immer noch gemobbt wird. Damit es aufhört müsste man diese Typen-

„töten ...", flüsterte ich mit einem erstarrten Blick.

Wenn die Erwachsenen nix dagegen tun, dann muss man das in die eigene Hand nehmen.

Mit diesem Gedanken bildete sich ein kleines Lächeln in meinem Gesicht.

Morgen würde alles anders werden.

Morgen würde ein anderer Tag werden.

Aber so wie ich es dachte, so ein anderer sollte es nicht werden.

Wenn alles doch nur anders gekommen wäre ...

1.2

Gestern war ein Scheiß Tag, heute sollte er anders werden.

Ich hörte meinen Wecker und stand schnell auf. Heute durfte sie nicht verschlafe. Wir schrieben an diesem Tag immerhin eine Klassenarbeit und wie es beim letzten Mal ablief, sollte es heute nicht kommen. Immerhin sind wir so schnell in den Raum gekommen, dass wir einen Lehrer auf dem Weg umgerannt habe und uns nicht mal entschuldigen konnten, auf die Schnelle. Stattdessen haben wir im Klassenraum noch jemandem vom Stuhl geworfen, als wir gerade rein gerannt kamen, wodurch er starkes Nasenbluten bekam.

Nein, so sollte es heute nicht ablaufe. So rannte ich raus und zu Anika.

Sie wohnte nur ein paar Häuser weiter.

Ich stand gerade vor ihrem Haus, da sah ich auf die Uhr und hoffte nur, dass sie noch rechtzeitig rauskommen würde, sonst müsste ich ohne sie los.

Genau diese Befürchtung, dass ich ohne sie losmusste, hatte sich erfüllt.

Die versuche bei ihr zu klingeln halfen nicht.

Das war das vierte Mal, dass ich ohne sie zur Schule gegangen bin. Ich lief los und kam gerade vor dem Klingeln in meinen Klassenraum gerannt. Ich setzte mich und mit dem Klingeln, kam schon der Lehrer rein. Anika war immer noch nicht da.

Wo bleibt sie denn nur? Sie weiß doch, dass sie heute nicht zu spät kommen darf. Aber diesen Gedanken verlor ich sofort, als ich den Blick unseres Lehrers sah. Er sah sehr bedrückt aus.

Ich hörte schon den Ersten fragen, ob etwas passiert sei. Daraufhin guckte unser Lehrer nur noch bedrückter und antwortete: „Ja, es ist etwas passiert ...“ Er seufzte und fuhr fort: „Ich will euch jetzt etwas erzählen. Ich will euch etwas Schlimmes erzählen, über etwas, was mit Mobbing zu tun hat.“

Als er das sagte, zog sich mein Magen zusammen. Ich hatte Angst. Angst davor, was er jetzt sagen würde.

„Mobbing ist etwas, was als wiederholte Verletzung anderen gegenüber bezeichnet werden kann, sei es Verbales Mobbing, Cybermobbing oder irgendeine andere Art und Weise davon. Dabei wird das Opfer psychisch oder physisch verletzt. Viele halten so etwas nicht aus. Es gibt genug Fälle, wo wegen Mobbing Morde begangen wurden, sei es nun Selbstmord oder Mord an den Tätern; Amokläufe, eine bekannte Auswirkung von Mobbing.

Ich will euch jetzt, mit dem was ich euch gerade sage, erklären wie schlimm Mobbing ist. So etwas sollte man anderen einfach nicht antun. Mit so etwas zerstört man einen und verletzt das Menschenrecht dieser Person.

Die Leute, die sich jetzt denken, ich habe nur gesehen wie einer was gemacht hat, ich selber aber nicht, euch muss ich sagen, dass ihr euch damit genauso schuldig gemacht habt.

Kommen wir jetzt zu dem, was ich euch damit sagen wollte ..."

Ich bekam kaum noch Luft und mein Herzschlag verschnellerte sich.

„Anika Bäckers Eltern haben uns vorhin angerufen und gesagt, dass ihre Tochter einen Brief hinterlasse hat in dem stand: "Ihr seid schuld, außer Eine. Sie hat mir immer dagegen geholfen und ich will ihr danke sagen. Es tut mir leid, aber jetzt hast du ein Problem weniger ...""

Mir liefen langsam die Tränen mein Gesicht entlang und der Lehrer fuhr fort.

„Diese Person war Pia."

Nun kamen meine Tränen immer schneller, die Frage die ich mir in diesem Moment stellte und die Antwort die es sein würde, kam mir vor, wie ein Messer in meinem Körper.

Als nächstes kam eine Frage von jemandem, der sie eine Zeit lang immer mit diesen Zetteln bewarf, wo Sachen wie stirb und so draufstanden, weil er es lustig fand. Die Stimme von ihm zitterte etwas, als er fragte: „Was meint sie damit und wo ist sie? Was meinen Sie mit 'hinterlassen'?"

Unser Lehrer sah ihn ernst an und sagte: „Ganz einfach: Sie hat, eben weil sie gemobbt wurde, Selbstmord begangen."

Mein Magen, der sich bis gerade noch zugeschnürt und erdrückend anfühlte, entleerte sich mit einem

Schlag. Ich wurde jetzt von allen Seiten angeguckt und manche fragten mich, ob ich okay sei.

Ich ignorierte alle.

Das konnte einfach nicht wahr sein.

Nicht sie.

Nicht sie.

Sie kann nicht tot sein.

Diese Worte, diese jetzt so sinnlosen Worte, wiederholten sich immer und immer wieder in meinem Kopf, bis ich realisierte, wer eigentlich der Grund dafür war.

Ich sprang auf und wurde weiter angestarrt, manche sahen verschüchtert aus, andere erwartungsvoll, manche aber sahen bedrückt aus und diese waren es, die für den Tod von ihr verantwortlich waren.

Sie wollten gerade bedrückt zu Boden gucken, als ich zu ihnen ging in einem schnellen Tempo. Sie waren auf der anderen Seite des Raumes, in derselben hintersten Reihe.

Der Typ, Ben, er sah mich seltsam an. Verblüfft oder so? Ich packte ihn und schrie ihn an, dass das alles seine Schuld sei, bis ich ihn zu Boden warf, mich auf ihn setzte und auf ihn einschlug, bis mich die anderen versucht hatten, zurück zu zerren. Ich versuchte mich zu wehren und schrie ihn weiter mit Tränen in den Augen an.

Bei ihm, der für Anikas Tod verantwortlich war, wurde geholfen, aber als er sie beleidigte, verletzte und mit Zetteln bewarf nicht?

Diese Welt ist ungerecht!

Jeder von ihnen, einfach jeder, soll sterben!

● ● ●

Ich saß auf einer Bank, die in einem kleinen Wäldchen, hinter dem Schulgebäude, in einer hinteren Ecke vom Schulhof war und starrte in den Himmel.

Das hier war der Ort an dem wir noch Gestern über den Zaun kletterten, um rechtzeitig in der Schule zu sein.

Hier war meistens niemand. Eigentlich war hier nie jemand, nur ich, ich und eigentlich auch ...

Mit diesem Gedanken sank mein Blick zu Boden und ich dachte an die Zeit, als ich hier neben ihr saß. Zwei von der Welt verlassene Mädchen, die gemeinsam Spaß haben konnten, die sich ihre schlimmsten Geheimnisse erzählen konnten, die sich austauschten über Jungs oder ihre Familie, die über ihre Probleme sprechen konnten, von denen es reichlich gab, die sich gegenseitig halfen, die einfach nur für den anderen da waren und so viel mehr.

Genauso dachte ich gerade daran, als ein ganz heißer Tag war, wir hier zusammensaßen und darüber sprachen, wer aus unserer Klasse der Dümmste sei und wer eine falsche Antwort gab, dem anderen ein Eis spendieren musste. Was sich zwar komisch anhört, weil warum richtige oder falsche

Antwort bei sowas? Aber wir waren uns meistens einig, weswegen wir uns stattdessen mit Wasser überschütteten, was wirklich Spaß machte.

Was nicht so Spaß machte, waren die Blicke, die man uns zuwarf, als wir zu unserem Unterricht gingen.

Genauso wenig Spaß haben die Kommentare unserer Klasse gemacht.

Eine Sache davon werde ich besonders nicht vergessen und das kam nicht von einem aus unserer Klasse, nein, das kam von unserer Lehrerin Frau Neumann.

Sie sah uns an, wie wir da in unseren nassen Sachen waren, mit unseren halb getrockneten Haaren und durch den Staub im Wäldchen, waren auch ein paar Dreckflecken an uns und unseren Sachen. Sie war eine nicht gerade nette Person und wie sie sich verhält und was sie sagt, zeigt, dass nicht nur Schüler, sondern auch Lehrer einen mobben können.

"Wer hat euch denn als Wischmopp benutz? Oder ist das jetzt Mode, wie eine Wasserrate durch die Gegend zu laufen?"

Ich konnte diese Frau noch nie leiden. Aber wer konnte das schon? Aber die Frau hatte sicher nicht so ein großes Selbstvertrauen. Sie war immerhin hässlich, alt und fett.

Genauso wie sie so etwas zu uns sagen konnte, sagte ich auch zu ihr: „Und sie? Ist es Mode bei alten, zickigen, gemeinen Frauen sich, obwohl sie so fett und hässlich sind, so dünne, kurze Röcke

anzuziehen, die die Farbe eines Schweines haben?"
Daraufhin bekam ich zwar einen Eintrag, aber Anika und ich lästerten hinter einem Buch über sie.

Oder als ein Tag im Winter, wo es so stark geschneit hatte, dass alles weiß und dunkel war, wir die Zettel, die sie an dem Tag, wie eigentlich jeden, von den Jungs zugeworfen bekam, einfach anzündeten und uns damit die Hände wärmten. Wir bekamen deswegen zwar vom Hausmeister Ärger, aber ein Grinsen konnten wir uns nicht verkneifen.

Genauso, wie die Erinnerungen hochkamen, genauso kamen auch die Tränen.
Hier hatten wir so viel gemeinsam gemacht. Dieser Ort war und ist ein wichtiger Teil für mich, weil er mich an sie erinnert, weil wir hier so viel zusammen gemacht haben, wodurch wir so viele Erinnerungen sammeln konnten. Hier waren wir die meiste Zeit zusammen.
Wenn es so etwas wie Geister wirklich gibt, dann könnte ich glauben, ihre Seele, genau jetzt, genau hier zu spüren.
Warum ist das Leben nur so unfair? Diese Frage geht mir immer und immer wieder durch den Kopf, weil sie einfach so wahr ist.
Warum muss sie leiden und kann nur durch ihren Tod erlöst werden, während diese Typen froh und munter durch ihr Leben gehen können?
Ich fiel zu Boden und weinte noch schlimmer, aber es fühlte sich so an, als würde jemand seine Arme um mich legen, aber es war niemand da, der das

hätte tun können. Vielleicht waren es auch einfach nur die Erinnerungen, die mir dieses Leichtigkeitsgefühl geben konnten.

Heute ist ein genauso warmer Tag, wie damals, als ich sie das erste Mal traf, genau hier.

Sie hatte damals noch kürzere Haare und war auch etwas kleiner, dafür hatte sie ein so schönes Lächeln, was sie mit der Zeit verlor. Es war Ende Mai oder so und sie war gerade an unsere Schule gewechselt. Ich saß wie bis jetzt noch, auf der Bank, welche damals anfing, von Pflanzen bewuchert zu werden und noch eine schöne, helle, gelbe Lackschicht auf das dünne, aber dennoch stabile Holz gestrichen hatte, welche heute schon fast komplett abgeblättert ist.

Ich wollte mich an dem Tag, wie alle anderen zuvor, vor den ganzen Menschen, die an diese Schule gingen, zurückziehen.

Ich mochte keine Menschen, ich mochte sie noch nie und ich werde sie auch niemals leiden können. Zu oft wurde ich schon verraten oder für Dinge beschuldigt, an denen ich keine Schuld trug.

Aber sie war anders.

In ihr sah ich mich selber.

Ihr Vater starb bei einem Unfall, weswegen ich mich ihr nur noch näher fühlte, da sie auch keinen Vater mehr hatte.

Sie sagte mir, dass nach seinem Tod eine Frau da war, die ihr sagte, dass Geister real seien und dass sie es beweisen konnte, indem sie Kontakt mit ihrem Vater aufnahm, welcher ihr Ding erzählte, die nur ihr

Vater wissen konnte.

Das hatte mich sehr verblüfft, aber ich fand das auch sehr interessant.

Sie versuchte sich hier einen geheimen und versteckten Ort zu suchen. Da ich hier war, ging das wohl stark daneben. Sie setzte sich trotzdem einfach neben mich, sah mir in die Augen und fragte mich, ob wir Freunde werden wollen. Ich glaube, dass sie sie erkannte, die Verbundenheit von uns zueinander. Als wären wir die beiden verlorenen Seelen, die sich nach langer Zeit endlich wieder gefunden hatten.

Eigentlich hätte ich nein gesagt, aber sie hatte etwas an sich, was mich dazu brachte, ja zu sagen.

Seitdem waren wir unzertrennlich und hatten alles zusammen gemacht.

Ein paar Monate, wenn nicht auch erst ein halbes bis ein Jahr später, fingen die Jungs an, Anika zu mobben. Es gab keinen Grund, weshalb sie es hätten tun können, sie taten es halt einfach. Da fing es dann auch an, dass sie ihr Lächeln, welches ich so schön fand, verlor. Ich wollte es immer noch ein letztes Mal sehen, aber jetzt werde ich es wohl nie wieder können.

Heute war der Tag anders, heute war er leer und dunkel, aber noch schlimmer als sonst. Obwohl die Sonne so hell und warm schien.

Jetzt gab es kein Licht mehr, nicht einmal ein ganz, ganz kleines.

Jetzt war ich wohl alleine. Aber nicht ganz, denn ich

hatte noch meine Mutter.

●●●

Ich ging nun wie jeden Tag nach Hause, aber heute war anders, heute ging ich alleine.

Durch ihren Tod, hatte sich ein Riss in meinem Herzen gebildet.

Dass man auch ohne Mobbing zerstört werden kann ...

●●●

Ich kam zu Hause an und ging den restlichen Tag, meinem sonst so üblichen Alltag nach. Aber ich sagte ja bereits: HEUTE WAR ANDERS.

Ich dachte öfter an Anika und musste andauert weinen. Sonst weine ich nicht. Ich hatte seit Jahren nicht mehr geweint, nicht mehr, seit ich gemobbt wurde und mein Vater uns verlassen hatte.

Ich fühlte mich nur noch leer und ... verletzt ...?

Meine Mutter kam heute auch später als sonst. Ich ging auch früher als sonst in mein Bett, da heute einfach viel zu anstrengend war.

•••

Der nächste Tag war ein Horrortrip für mich.

Ich ging alleine zur Schule, hatte niemanden, wegen dem ich fast zu spät kam, niemanden, der im Unterricht mit mir sprach und von unserem Lehrer voll genölt wurde, dass wir ruhig sein sollen, während wir von den anderen ausgelacht wurden.

Niemanden, der mit mir in der Pause in unser Wäldchen ging, um uns über Dinge zu unterhalten, die eigentlich keinen von uns interessierten, nur um uns dann darüber lustig zu machen.

Niemanden, mit dem ich nach Hause lief und nun auch niemanden mehr, mit dem ich mich Mitten in der Nacht traf, weil irgendetwas passiert war.

Jetzt war alles aus.

Nun gab es keinen mehr, mit dem ich irgendetwas davon machen könnte.

Nun bin ich einfach nur noch einsam. Ganz und gar einsam.

Mit diesem Gedanken kamen mir erneut die Tränen, wie eigentlich immer, wenn ich an sie, unsere Zeit und daran, dass ich jetzt alleine war, denken musste.

Ich hatte nie verstanden, warum niemand alleine sein will. Jetzt wo ich jemanden hatte, jemand der mir wichtig war, merkte ich erst, wie schrecklich es ist, einsam zu sein. Ich merke wie schrecklich es ist, dass diese für einen, eine wichtige Person, nicht mehr da ist.

Wäre ich doch nur alleine geblieben, dann hätte ich diese Probleme nicht.

Sie meinte zwar, dass ich nun ein Problem weniger hätte, aber mit ihrem Tod habe ich doch nur noch mehr Probleme.

Warum nur? Warum nur hat sie so etwas ohne mich getan? Wir wollten alles Wichtige zusammen machen. Warum jetzt nicht auch? Es tut ihr leid? Mir tut es noch viel mehr leid. Mir tut es leid, dass ich ihr am Ende doch nicht helfen konnte.

Bitte verzeih mir ...

2

Und nun sind ein paar Monate nach ihrem Tod vergangen. Und ich? Ich bin ein Wrack. Nach dem die Jungs bemerkt haben, dass ich nach Anika ihrem Tod am Ende war, fingen sie an, mich zu ihrem neuen Opfer zu machen. Ich hatte aufgehört, mir die Mühe zu machen, mich zu wehren. Vielleicht wäre es besser gewesen, wenn ich es getan hätte, aber ich war einfach nur noch am Ende. Ich hatte niemanden mehr zum Reden. Meine Mutter war noch weniger zu Hause und wenn, da so stark erschöpft, dass ich nicht mal etwas zu ihr sagen konnte.

●●●

Gerade bin ich nach Hause gelaufen. Als ich da war, gab es etwas für mich sehr Verwunderliches. Die Tür, die sonst immer abgeschlossen war, war offen.

Ich ging rein und durch den engen Flur, welcher am Ende direkt zum Wohnzimmer führte.

„Hallo?"

„Ja?
Ich bin in der Küche!"
Eine Antwort, mit einer Stimme, welche mir bekannt, aber dennoch fremd vorkam.
Ich lief Richtung Wohnzimmer und bog nach rechts daneben, um in die Küche zu gelangen.
Ich sah meine Tante Katrin, welche die einzige Verwandte war, mit der wir irgendeine Art Kontakt hatten. Sie war die Zwillingsschwester meiner Mutter, weswegen sie ihr zum Verwechseln ähnlich-sah. Mit Ihren hellen, blonden Haaren und den Himmelblauen Augen, nur der eine Unterschied, dass sie noch einen Grünstich in ihren Augen besaß.
„Hast du deine Sachen schon gepackt? Wir wollen los."
Sachen gepackt? Wir wollen gleich los? Wovon spricht sie eigentlich?
„Was meinst du damit?"
„Weißt du es etwa noch nicht?"
Ich sah sie mit großen Augen an und hatte einen verwirrten Gesichtsausdruck.
Was sollte ich denn wissen und warum ist sie jetzt überhaupt hier?
„Was meinst du damit? Was sollte ich denn wissen? Ich verstehe gerade gar nix mehr."
„Na, dass du zu uns kommst, solange deine Mutter im Krankenhaus ist."
„Sie ist was? Warum?"
„Was, selbst das weißt du nicht? Hat sie dir denn gar nichts gesagt?"
Ich schüttelte nur leicht den Kopf und guckte sie immer noch verwirrt an.

„Deine Mutter hat einen Tumor, also Krebs."

„Warum wusste ich noch nix davon? Wie lange ist das jetzt schon so?"

„Es sind jetzt schon ein paar Monate."

Kam sie deswegen immer später nach Hause in der letzten Zeit?

Erst tötet sich Anika, um von ihren Qualen befreit zu werden und jetzt das?

„Aber jetzt komm schon! Beeile dich, wir wollen los!" Mit diesen Worten – die in meinen Ohren so unglaublich hart klangen - wurde ich aus meinen Gedanken gerissen.

Ich ging in mein Zimmer und packte meine Sachen zusammen.

•••

Ich stand vor dem großen Haus meiner Tante, welches unterhalb dunkelgrün war und nach oben hin immer heller wurde. Die Fensterrahmen waren dunkelblau und die Tür war ein dunkles Braun.

Ich ging in das Haus und der Flur war so groß, wie ein ganzes Zimmer. Rechts war ein großer, schwarzer Türrahmen ohne Tür, welcher ins Wohnzimmer führte. Links war es genauso, nur dass man dort zur Küche gelangte. Die Wände waren weiß und mit Bilderrahmen vollgehangen.

Ein Bild zog mich in seinen Bann. Es war ein Familienfoto im Rahmen, wo meine Tante und ihr

Mann neben einer Schaukel standen, und ein Mädchen, welches auf der Schaukel saß, an schubsten. So etwas hatte ich nie. Dafür gab es nie die Zeit, weil meine Mutter zu viel arbeiten musste.

Ich lief weiter den Flur entlang, bis ich an einer Treppe ankam, die helles Holz als Stufen hatte. Das Gatter, welches zum Festhalten diente, war aus Metall und mit weißem Lack bemalt.

„Lauf nur hoch.

Oben links ist dein Zimmer. Es ist sehr klein, aber für dich haben wir leider nix anderes."

Ich ging hoch und als ich in das besagte Zimmer ging, legte ich erst meine Sachen zur Seite.

Es war etwas größer als mein Zimmer (*Das ist ja jetzt mein Zimmer ...*). Die Wände waren hellblau und die Tür hatte genauso helles Holz, wie die Treppenstufen. Es stand ein großes Bett unter dem Fenster, welches an der rechten Seite vom Raum war. Auf der anderen Seite war ein Schrank, welcher dieselbe Farbe wie der Schreibtisch, welcher gleich neben den Schrank und dem Bett stand, hatte. Es war ein etwas dunklerer Holzton, als die Tür hatte. Es lag ein großer Teppich vor dem Bett. Er war weiß und sehr sauber. Es hingen ein paar gezeichnete Bilder an den Wänden. Das größte, welches fast die ganze Wand einnahm, hatte einen großen Baum mit Wasser als Boden aufgezeichnet, mit Tieren, die mit Farbe auf die Leinwand gesprenkelt wurden. Der Hintergrund war schwarz, im Gegensatz zum Rest des Bildes.

Alles sah so sauber, strahlend und ordentlich aus.

Mein Zimmer war ganz anders. Meine Wände

waren in einem hellen lila gestrichen, mein Bett war kleiner und schwarz, mein Schrank grau, mein Schreibtisch braun, einen Teppich hatte ich nicht, an den Wänden waren Zeichnungen oder Skizzen von mir. Mein Zimmer sah dunkel und erdrücken gegen dieses Zimmer aus, aber trotzdem fühlte ich mich da drinnen wohl.

Neben der Zimmertür gab es noch eine. Als ich rein ging, kam ich zu einem Bad, mit schwarzen Fließen und einem großen Spiegel, welcher über die ganze Wand reichte. Von dem Spiegel gegenüber war die Dusche, welche eine anliegende Badewanne und daneben ein Waschbecken mit einem Schrank hatte.

Ich ging zurück in das andere Zimmer und schloss die Tür hinter mir.

Auf dem Bett saß ein Mädchen mit blonden, kurzen Haaren. Sie war in meinem Alter und dasselbe Mädchen, welches ich zuvor auf dem Familienfoto gesehen hatte. Sie sah mich an, als ich weiter in das Zimmer ging. Sie hatte grüne Augen, mit einem leichten blauen Stich.

„So ein Zimmer hast du bei dir nicht, stimmt's?" Sie hatte eine weiche, aber dennoch zickig klingende Stimme.

„Nein."

Ich mochte sie nicht. Ich konnte sie noch nie leiden. Sie war einfach nur verzogen, sie hat schon immer alles bekommen und musste nie etwas dafür tun. Jetzt ist sie eine verwöhnte Zicke.

„War ja klar. Jemand wie du könnte so etwas auch gar nicht haben." Sie sprang vom Bett, sah dabei zu Boden und kam auf mich zu. Als sie vor mir stand, hob sie ihren Kopf und guckte mir direkt ins Gesicht. „Jemand wie du kann nur von so etwas träumen. Besonders jetzt, wo deine Mutter im Krankenhaus liegt." Sie fing an zu grinsen und ich verlor die Fassung.

Das Letzte was kam, war das Geräusch, von der Ohrfeige, die ich ihr verpasst hatte. Mit ihren 15 Jahren war sie mir gegenüber sehr vorlaut, dabei war ich 2 Jahre älter als sie.

Sie schrie und rannte aus dem Zimmer.

Kurz darauf kam sie hinter dem Rücken ihrer Mutter wieder in das Zimmer. Ich hörte einen dumpfen Schlag und fasste kurz darauf an meine Wange, welche anfing weh zu tun.

„Wie kannst du es wagen eine Jüngere zu schlagen? Wir geben dir einen Ort zum Schlafen, du bist keine 10 Minuten da und schlägst schon eine Jüngere? Ich dachte deine Mutter hätte dich besser erzogen."

„Aber sie-"

„Ich will deine Ausreden nicht hören. Lena hat mir schon alles erzählt. Sie wollte dir nur Hallo sagen und du schlägst sie einfach. Schäm dich!"

Ich will deine Ausreden nicht hören.

Genau das sagte meine Mutter, als ich auf dem Schulklo eingesperrt wurde und ich rauskam.

„So war es doch gar nicht."

„Schluss jetzt! Ich will nichts mehr hören." Sie schob dieses Balg vor sich und sagte: „Entschuldige dich bei ihr!"

Lena sah mich grinsend an und ich schüttelte nur mit dem Kopf.

„Dann kannst du für den restlichen Tag hier im Zimmer bleiben und darüber nachdenken, was du falsch gemacht hast." Damit gingen sie aus dem Zimmer und schlossen die Tür hinter sich.

Hier zeigte es sich wieder, mit den falschen Anschuldigungen, dass die Welt - oder wohl eher die Menschen - ungerecht ist.

2.2

Heute war Freitag. Draußen schien schon die Sonne, als ich von meinem Wecker geweckt wurde. Ich stand auf, zog mich um und packte meine Schulsachen zusammen. Dann ging ich runter, mit meinen Sachen, und stellte meine Schultasche neben die Treppe.

Als ich zur Küche ging, stand schon meine Tante am Tisch, welcher neben dem Kühlschrank unter einem der großen Fenster stand. Er war genauso hell, wie alles andere. Diese hellen Farben fand ich schon etwas belastend, dadurch wurden meine Augen so angestrengt.

„Hallo, schon wach? Ach ja, du hast heute ja noch Schule.

Wegen gestern ... Das war doch nicht aus langer Weile? Ich würde gerne, dass du Lena nicht mehr schlägst oder in irgendeiner anderen Art schaden zufügst. Ich weiß ja, dass gerade eine schwere Zeit für dich sein muss, weil deine Mutter krank ist, aber wir werden sie heute im Krankenhaus besuchen.

Dein Essen habe ich dir schon gemacht. Für die Schule müsstest du dir nur noch etwas machen."

Ich nickte und nahm mir mein Essen, packte die

Hälfte in eine Brotdose und packte sie in meine Tasche, während mir meine Tante noch eine Wasserflasche gab, welche ich dazu tat.

„Ich fahre dich. Die Bushaltestelle zeige ich dir am Wochenende.

Bist du fertig? Dann könnten wir los."

Ich nickte und wir gingen zu ihrem genauso weißen Auto.

Ich setzte mich auf einen schwarzen Sitz. Wenigstens das Innere vom Auto war schwarz.

•••

Ich war eher, als je zuvor, in der Schule. Ich war sogar eine der Ersten.

Ich setzte mich und die Jungs kamen kurz nach mir rein. Es war noch kein Lehrer da.

Die Jungs nahmen Papier und knüllten es zu Kugeln, dann bewarfen sie mich damit.

Ich stand auf und schrie: „Habt ihr es immer noch nicht verstanden?! Obwohl Anika ..." Meine Stimme wurde leiser und mein wütender Blick, den ich bis jetzt im Gesicht hatte, wurde traurig und lockerte sich. Ich fuhr fort: „... obwohl sie sich, obwohl sie sich wegen euch getötet hat, habt ihr immer noch nix daraus gelernt?" Mit meinen letzten Worten setzte ich mich wieder langsam auf meinen Sitz.

Mir lief langsam eine Träne meine Wange entlang.

Den Rest des Tages, hatten sie nix mehr gemacht. Sie sahen selber etwas bedrückt aus.

●●●

Ich saß gerade wieder auf der Bank, an der ich so viel mit Anika erlebt hatte.
Mir kamen wieder Erinnerungen hoch.

Hier hatten wir einmal einen Vogel, vor der Schulkatze, gerettet. Er hatte sich trotzdem verletzt und wir hatten uns um ihn gekümmert.
Jede hatte ihn eine Woche, dann wurde gewechselt, bis er gesund war und wir ihn wieder frei gelassen hatten.
Wir hatten ihn auch ein paarmal nochmal gesehen, als er Futter suchte, gebrütet hatte, rumflatterte und starb.
Hier sind viele solcher Erinnerungen.

Hier hatten wir auch Mal den Hausmeister und Frau Wiesenweg erwischt, wie sie rumgeknutscht haben und ein bisschen mehr als das gerade machen wollten.
Sie hatten beide einen roten Kopf. Ein schlimmeres Rot, als die gefärbten Haare von Frau Wiesenweg. Sogar schlimmer, als ihr, immer neu aufgelegter,

Lippenstift.

Immer diese Erinnerungen, die so stark mit Gefühlen verbunden sind. Menschen handeln viel zu viel, wegen ihren Gefühlen und wenn man es nicht tut, wird man als verrückt oder geisteskrank dargestellt. Da ist es wieder. Da ist wieder die Angst, die Menschen haben, wenn etwas anders ist.

Ich fühlte mich, mit diesen Erinnerungen, trotz dem, was andere sagten, am wohlsten.

Es war hier so schön ruhig. Die Sonne schien leicht durch die Baumkronen. Der Geruch von Harz, frischer Erde und Holz. Die kühle, die der Schatten der Bäume spendiert, wenn es wieder zu heiß ist. Selbst, wenn überall Stöcke, Blätter oder anderes rumlag, sah es hier wunderschön aus, oder wohl genau deswegen.

Und immer, wenn man wo nicht wegwill, muss man es. In diesem Fall, weil die Klingel zum nächsten Unterricht geläutet hatte.

• • •

Als Schulschluss war, wartete meine Tante schon an der Tür. Sie begrüßte mich und fragte wie die Schule war, woraufhin ich nur einen leichten, genervten Stöhner als Antwort gab, weswegen sie etwas kicherte.

Meine Schule war nur ein Dorf von meiner Tante

entfernt, aber meine Cousine ging trotzdem nicht dahin. Sie war an einer Hochschule oder sowas. Meine Tante meinte, weil sie etwas Besonderes sei, was ich als besonders hochnäsig auffasse.

Sie hatte heute auch frei. An ihrer Schule ist Freitag wohl immer frei, damit sie ihr Wissen selbstständig prägen können oder so, wurde gesagt, aber ich hatte nicht genau hingehört. Nein, sowas interessiert mich nicht, wer was für einen IQ hat oder hatte oder haben wird. Besonders nicht, wenn es um dieses Balg ging.

●●●

Als wir an diesem großen Haus angekommen waren, sagte meine Tante: „Leg deine Sachen ab und mach dich fertig, wir wollen zu deiner Mutter ins Krankenhaus. Ich hol in der Zeit Lena."

Damit stiegen wir aus dem Auto und gingen in den großen Flur.

Ich legte meine Sachen neben den Tisch, von dem Zimmer, in dem ich wohnen sollte, bis meine Mutter wieder nach Hause könne.

Ich nahm mir eine Jacke von mir aus dem Schrank - welcher Platz für die Sachen einer ganzen Familie besaß - zog sie mir an und ging runter.

„Willst du wirklich eine schwarze Jacke anziehen? Die sieht so mit Trauer gefüllt aus."

Sie übertrieb. Meine Jacke war zwar schwarz, aber nicht ganz. Sie hatte graue, dunkelblaue und hellblaue Musterungen, die aussahen, wie Blut, was auf irgendeine Fläche gefallen war.

„Ja. Das ist meine Lieblingsjacke. Mam hat sie mir zu meinem fünfzehnten Geburtstag geschenkt."

„So alt ist das Teil schon? Deine Mutter sollte dir Mal neue Sachen kaufe."

Nicht jeder hatte Geld dafür, außerdem war die Jacke nicht so alt. Ich hatte Sachen, die hatte ich mit 12 getragen. Sowas sagte ich lieber nicht. Menschen reagierten immer so, als würde man ihnen einen Fehler geben, welchen sie nicht verschuldeten, selbst, wenn es so war. Dann waren die Meisten: wütend, beleidigt, traurig oder irgendetwas aufgetanes, weswegen du dich bei dem Jähnigen entschuldigen musst, obwohl er einen Fehler gemacht hatte.

„Jetzt auch egal. Steig ins Auto! Lena ist auch schon drinnen. Ist sie nicht vorbildlich?"

Ich sagte nix und setzte mich in das Auto, welches immer noch vor der Haustür parkte.

Nach mir kam meine Tante aus dem Haus und schloss die Tür ab. Sie kam ins Auto und schnallte sich an. „Alle angeschnallt?" Sie sah in den Rückspiegel.

Ich nickte mit dem Kopf und das Balg, was vorne saß, schrie förmlich, mit dieser quietschig, fröhlich, hohen Stimme: „JAHA!" (Ein schreckliches Geräusch, welches ich lieber ausblenden könnte - woran ich aber höchstwahrscheinlich sowieso irgendwann oder sogar direkt beim ersten oder zweiten Mal, ertauben würde. Was ihre Mutter allerdings nur lächeln ließ.)

„Gut, dann können wir ja los."

• • •

Wir kamen gerade am Krankenhaus an, da versuchte meine Tante schon einen Parkplatz zu finden.

„Nie ist einer frei! Immer muss man erst ewig durch die Gegend fahren, ehe man was gefunden hat, wo man sich dann noch mit jemand anderes drum streiten muss."

Sie hatte Recht. Wir fuhren 15 Minuten umher, nur damit sich ein anderer in den gerade gefundenen Platz platzierte, nur um weiter 15 Minuten nach einem Platz zu suchen.

„Endlich!", schrie meine Tante, als wir einen Platz gefunden hatten, der uns nicht geklaut wurde.

Wir stiegen aus und gingen in das Krankenhaus. An der Rezeption, fragten wir nach dem Zimmer, indem meine Mutter war. Als wir die Zimmernummer hatten, gingen wir mit dem Fahrstuhl nach oben, weil das Balg gequengelt hatte, dass sie nicht den ganzen Weg Treppen laufen wollte, weil ihr das zu anstrengend wäre.

Wir standen vor der Zimmertür und kamen in das Zimmer.

In diesem Krankenhaus war alles genauso hell, wie das Haus meiner Tante. Den Flur entlang, zum

Zimmer meiner Mutter, waren auch überall, symmetrisch angeordnete Bilder, worüber meine Tante auch sehr begeistert war.

Im Zimmer war ein Fernseher, der an der Wand hing, ein Schrank, welcher an der Wand zum Bad stand, ein Tisch mit drei Stühlen, zwei Nachttische die genau neben den Krankenbett waren und eine große Gardine, für die genauso großen Fenster, die die gesamte Außenwand einnahmen.

Meine Mutter lag in einem Krankenbett, was am Fenster stand.

Ich ging zu ihr und sie sah mich freundlich und entschuldigend an. Ich umarmte sie und guckte sie mir genauer an. Sie trug ein weißes Hemd, hatte Augenringe und hatte eine blase Haut bekommen. Ihre einst so schönen Haare waren kaum noch vorhanden und waren mit einer Art Haube bedenkt, wo ein paar ihrer übriggebliebenen Haare rausguckten.

Meine Tante kam neben mich. „Du siehst furchtbar aus, Schwesterlein. Wenn du hier raus bist, kümmere ich mich erst Mal um dich."

Dann kam das Balg, welches ich am liebsten umbringen würde. „Hallo, Tante Katarina. Geht es dir schon besser, kannst du uns bald schon besuchen kommen? Ich habe gehört, dass du ganz tollen Kuchen machen kannst." Diese Stimme. Einfach nur schrecklich. Ich würde mir am liebsten die Ohren zuhalten und nie wieder loslassen.

„Nein, leider nicht. Der Arzt meinte, dass es nicht so gut aussieht und ich deswegen noch länger im Krankenhaus bleiben müsste." Meine Mutter hatte so ein schönes Lächeln, fast so schön, wie das, was Anika Mal hatte.

Anika. Wenn ich an sie denken musste, wurde mir schwer ums Herz.

„Mam?"

„Ja, Liebling?"

„Warum habe ich erst davon erfahren, als Tante Katrin in unserer Küche stand?"

Das Lächeln auf dem Gesicht meiner Mutter wurde traurig und sie guckte nach unten zu ihrer Decke, die sie einhüllte. Sie nahm den Anfang der Decke und fing an damit rumzuspielen. „Weißt du ... du hast eh schon immer so viel Stress und als du geweint hast, was du sonst nie tust, wollte ich dich nicht noch mehr belasten.

Ich habe gehört deine Freundin hat sich getötet, wegen Mobbing in der Schule. Noch eine schlechte Nachricht wollte ich dir nicht überbringen."

Das Balg, was bis eben noch in der Gegend rum geguckt hatte, guckte jetzt ganz interessiert zu uns.

„Ja, sie ist tot. Keine Sorge, mir geht es gut."

„Tante Katarina, was genau meinst du damit?"

Ich sah das Balg böse und warnend an, aber sie grinste nur.

„Das geht dich jawohl nix an", zischte ich.

„Sie hat doch nur eine Frage gestellt", sagte nun meine Tante empört.

„Aber es ist doch so, Schwester", sagte meine Mutter mit ruhiger Stimme. „Du verwöhnst dein Kind zu sehr, sonst würde sie doch nie so zickig reagieren."

„Ich, mein Kind? Du siehst da wohl was falsch. Sie

hat ihr nur gesagt, dass sie das nichts angeht."
„Das ...", sie stoppte und musste überlegen, was sie sagen wollte. „Ich glaube, wir müssen jetzt gehen. Es ist schon spät.", sagte sie dann doch noch schnell.

„Aber wir sind doch gerade erst gekommen", warf ich ein und sah meine Tante leicht verwirrt an, während ich meine Stirn runzelte.

„Na gerade eben erst jetzt auch nicht. Es ist außerdem schon spät.

Deine Cousine wollte sich heute noch mit Freunden treffen. Sie hat davon so viele. Ist sie nicht beliebt?"

Das sind sicher keine richtigen Freunde. Die wollen sie sicher nur ausnutzen. So eine richtige Freundin, wie Anika, die ich hatte, wird sie niemals haben.

„Umarm deine Mutter nochmal, wir gehen jetzt."

Was für eine tolle Tante die doch ist. Echt nett. Wobei mir da noch andere Ironische Begriffe einfallen könnten.

„Mach's gut Mam", sagte ich, während ich sie noch einmal umarmte.

„Besuch mich doch nochmal." Mit diesen Worten und einem Lächeln verabschiedete sie sich von mir.

●●●

Wir gingen raus und wieder zurück zum Auto.

Ich war froh, dass ich diesen Krankenhaus Geruch

los war. Ich mochte diesen Geruch nicht, da drinnen starb meine Oma. Sie war mir eine wichtige Person, auch wenn sie anstrengend war. Sie war immer schlecht drauf, aber wenn es drauf ankam, war sie für einen da. Sie mochte Lena außerdem auch nicht. Wenn sie und ich bei Oma waren, hatte sie Lena immer mit so einem schuldigen Blick angeguckt und sie gefragt, was sie denn da für Sachen trug. Dann hatte Lena immer einen roten Kopf bekommen und ihr die Zunge rausgestreckt, woraufhin Oma sich immer bei Tante Katrin beschwert hatte, dass sie ihr Kind besser erziehen solle, sei ist ja so frech und ungezogen.

Tante Katrin und Lena waren froh, als sie starb und meine Mutter, die wusste nicht, was sie tun sollte.

Meine Oma hatte mir Mal erzählt, dass sie Lena grauenhaft finden und ich ihr besser ins Bild passen würde.

Lena hatte (schon) immer Röcke getragen die ihr viel zu kurz waren und andere Sachen, die viel Haut zeigten, dann noch mit ihren Ballerinas. Mit Make-up hatte sie auch früh angefangen, obwohl sie erst 9 war.

Aber heute tat sie das alles immer noch.

Ich hatte im Gegensatz immer eine schon ausgewaschene Jeans getragen und ein T-Shirt, was meistens, braun, grau, schwarz, blau oder Türkis war. Ich hatte auch nie Make-up getragen, das fühlte sich eklig auf der Haut an. Ich hatte auch immer solche Arbeiterschuhe, weil die so lange hielten und nicht so teuer waren.

Oma meinte, das zeigte, dass noch nicht alle zu

Hirnlosenweibern geworden waren.

„Das ist eine schreckliche Zeit. Niemand ist mehr für den anderen da. Ganze Zeit wird nur belogen und betrogen. Schreckliche Zeit, sag ich. Schreckliche", das hat sie mir immer gesagt und dass das Essen von heute auch nix mehr wert ist. „Kein Gefühl mehr für irgendwas: Nur Fertigzeug. Das ist nicht gesund für Kinder."

Ich mochte sie trotzdem, weil sie anders war, nicht so, wie die ganzen anderen Omas, die über die Straße liefen.

• • •

Die Autofahrt über hatte sich meine Tante nur über meine Mutter beschwert.

Immer würde sie einem die Wörter im Mund verdrehen. Sie sagte etwas, was falsch war und entschuldigte sich nicht dafür. Sie macht ja andauert irgendwelche Fehler. Dann sagte sie, ich würde stark nach ihr kommen. Sie meinte auch, dass sie mich nicht richtig erzogen hätte.

Was für eine schreckliche Person meine Tante doch war. Sie hätte den Krebs viel mehr verdient.

• • •

Wir kamen gerade wieder an, da sprang das Balg schon aus dem Auto. Ich und meine Tante gingen auch raus.

Ich sah Kinder in dem Alter meiner kleinen Cousine. Ein Junge mit sehr hellen, blonden Haaren, der etwas größer als ich war, ein Mädchen mit blau gefärbten Haaren, die fast so groß war, wie das Balg, aber trotzdem etwas größer und ein Junge und ein Mädchen. Der Junge war größer als das Mädchen (sie war kleiner als das Balg), aber beide sahen fast gleich aus. Beide hatten dasselbe Gesicht, braune Haare und eine schlanke Figur, mit einer hellen, aber trotzdem noch normal farbigen aussehenden Haut.

Ich wollte gerade an ihnen vorbei und ins Haus, als meine Tante sagte: "Wollt ihr Pia vielleicht mitnehmen?"

Ich sah sie erschrocken an, genauso wie das Balg.

„Aber Mama, sie mag das sicher nicht. Wir gehen immerhin in den Wald und gerade ist es dunkel. Sie hat sicher Angst."

„Angst? Nein, ich habe eher keine Lust."

„Ach kommt schon ihr zwei! Dann lernt ihr euch wenigstens Mal richtig kennen!"

Wir sahen uns an und dann wieder zu Tante Katrin.

„Also ich weiß nicht ... Ich will sie und ihren kleinen Haufen nicht stören."

„Du kannst mit!"

Ich sah das Balg verblüfft an. Sie ... was? „Das muss ich nicht. Ich störe sicher bloß."

„Keine Sorge, dass wirst du nicht", sagte der Junge, der etwas größer war, als ich.

„Na also. Geh schon mit ihnen!", sagte nun meine

Tante.

•••

Auf dem Weg unterhielten sich alle über Dinge, von denen ich keine Ahnung hatte.

Jeder hatte eine Taschenlampe bei sich und ich bekam eine von den sich so ähnlich sehenden Mädchen und Jungen. Ich hatte auch erfahren, dass die beiden, die sich so ähnlich sahen, Zwillinge waren und Julius und Julina hießen. Sie waren auch fünfzehn, wie das Balg.

Das Mädchen mit gefärbten Haaren hieß Lili und war 16.

Der Junge der etwas größer als ich war, hieß Matias und war so alt wie ich. Er hatte auf dem Weg ein bisschen mit mir gesprochen und mir gesagt, wer, wer war und wie alt sie alle waren.

Wir kamen gerade am Waldrand an und alle hielten an. Matias sah alle an und fing an zu sprechen: „Heute suchen wir Glühwürmchen und Füchse. Wer nichts findet, der muss Pfand abgeben. Wir machen das jede Halbestunde. Insgesamt 5 Mal."

Ich sah die anderen an und alle nickten nur.

Dann pfiff er und alle fingen an zu suchen.

Es dauerte nicht lange, bis die erste etwas fand.

„Ich hab was!", rief Lili und kurz darauf auch die Zwillinge.

Die letzten die was fanden, waren Matias und das Balg.

Alle kamen auf einen Haufen und zeigten ihren Fund.

Die Zwillinge hatten ein Bild von einem Fuchs mit ihrem Handy gemacht, die anderen hatten ein Glühwürmchen. Nun wurde ich von allen Seiten angeguckt.

„Und was ist mit dir?", wurde ich nun von allen gefragt.

„Wie? Was? Ich sollte mit machen?"

Alle nickten und ich sah sie erstarrt an.

Nun rief einer: „Pfand abgeben!"

„Ich will aber nicht."

„Musst du aber", sagte das Balg mit einem Grinsen. Da zog sie an meiner Jacke und ich wehrte mich. Ich schubste sie, gab die Taschenlampe zurück, ging und sagte: „Ich hab keine Lust mehr."

● ● ●

Auf dem Weg wurde ich von Matias abgefangen. Ich lief aber weiter und er folgte mir.

Dann packte er meinen Arm.

Ich sah ihn verblüfft und entsetzt an.

„Tut uns leid. Du musst diese Runde keinen Pfand

abgeben. Wir können ja zusammen suchen."
„Wirklich?"
„JA!"
„Na gut."
Er zog mich an der Hand und wir liefen zurück.

Die Anderen warteten schon.
Das Balg hatte so einen komischen Gesichtsausdruck, als wir wieder zu ihnen kamen. Ich nahm meine Hand aus seiner und wir fingen an zu suchen.

„Du hast tolle Haare. So ... wild."
Ich sah Matias an, der auf meine Haare guckte.
Er wollte sie gerade in die Hand nehmen, als ich etwas zurück wisch. „Danke. Du hast aber auch ganzschön buschige."
„Ja. Ich bekomm die einfach nicht unter Kontrolle."
„Ja, genauso wie bei mir." Ich grinste leicht und er sah mir jetzt genau in die Augen und kam mir näher. Er war mir zu nah. Ich hätte nicht geglaubt, dass ich mal glücklich wäre, dass das Balg stört.
Sie kam gerade zwischen uns und zeigte ein Glühwürmchen. „Toll. Nicht wahr?" Sie sah zu Matias und er nickte nur.

•••

Am Ende musste nur Lili ein Pfand abgeben. Sie hatte Brot genommen und die anderen hatten es in den Wald gelegt, damit es irgendwelche Tiere fressen konnten. Dann waren wir zurückgelaufen und alle hatten sich von uns verabschiedet.

„Lass deine dreckigen Finger von Matias", fauchte mich das Balg an, bevor wir in das Haus gingen.

●●●

Ich sagte den restlichen Abend nix mehr. Selbst, wenn ich am Esstisch gefragt wurde, ob ich es mit den Anderen toll fand.
  Ich nickte nur und hatte meinen Kopf gesenkt.
  „Lena. Dein Vater wollte dich auf seine nächste Geschäftsreise mitnehmen, wenn er wieder da ist. Es geht nach New York."
  „JA!? WIRKLICH?!"Sie hatte eine wirklich laute, quietschende Stimme.
  Meine Tante nickte nur und lächelte das Balg an.

●●●

Ich saß auf dem Bett, was viel zu groß war und starrte aus dem Fenster. Von hier hatte man einen direkten Blick auf den Wald, aber weil es schon so dunkel war, erkannte man nix. Also entschied ich mich erst duschen und dann schlafen zu gehen.

Das Bett war sehr weich. Weswegen ich auch sofort einschlief.

3

In der Schule gab es immer noch Mobbingattacken, aber ich versuchte mich mit allen Mitteln dagegen zu wehren.

In letzter Zeit hatte ich viel mit dem Balg und ihren Freunden gemacht. Heute war auch so ein Tag. Wir gingen zusammen in den Zoo und machten viele Bilder.

Lili und Julius hatten sich auch geküsst, bei einem kleinen Teich, unter einem Kirchbaum, von dem wir uns ein paar Kirchen nahmen.

„Süß. Die beiden meine ich -aber natürlich auch die Kirchen", sagte Julina.

„Sind ja auch zusammen", meinte das Balg und guckte zu Matias. Das verstand ich aber nicht so richtig, weil das Paar ja vor uns war und er auch nix gesagt hat.

„Ich finde, dass die Vögel, die da so zusammen auf der Stange sitzen, ein viel süßeres Paar sind", sagte ich und zeigt auf zwei bunte Vögel, die in einem der Käfige waren.

Wir aßen Pommes und fütterten ein paar Spatzen damit.

•••

Als wir aus dem Zoo gingen, liefen wir wieder zu dem Waldrand, an dem wir mal Glühwürmchen und Füchse gesucht hatten.
„Wollen wir ein paar Sachen sammeln, wie Steine oder so?", fragte Matias.
Wir nickten und ich hatte einen glitzernden Stein gefunden, der mich an Anika erinnerte. Sie sammelte solche Steine.

Einmal sagte sie, dass diese Steine ihr Vater immer mitgebracht hatte, wenn er irgendwohin musste und wieder kam. Er hatte ihr immer einen mitgebracht, weswegen sie ein Regal voll von ihnen hatte.
Ich hatte es auch gesehen. Immer wenn ich zu Besuch bei ihr war, zeigte sie mir alle und erzählte davon, woher ihr Vater, welchen herhatte. Sie war immer stolz darauf, davon zu erzählen, aber gleichzeitig kamen ihr auch immer die Tränen.
Ich fing dann immer an ihr welche mitzubringen, wenn ich wohin ging. Darüber hatte sie sich dann immer sehr gefreut.

Den hätte ich ihr auch mitgebracht, aber das ging ja jetzt nicht mehr.

Ich legte ihn in ein Taschentuch, was ich in meine Tasche packte.

●●●

Wir redeten dann alle noch, solange, bis es so dunkel wurde, dass man die Hand vor Augen nicht mehr sehen konnte. Weswegen wir alle nach Hause liefen. Auch wenn das nicht mein richtiges zu Hause war.

Ich ging in mein Zimmer und legte den Stein, den ich immer noch in meiner Tasche hatte, in ein kleines Kästchen.
Es hatte ein helles Blau, aber der Deckel war schwarz, mit einem Silbernen Muster, was sehr verschnörkelt aussah.

Morgen wollten wir meine Mutter wieder besuchen. Ich wollte sie auch gerne wieder sehen. Die letzten Tage konnten wir sie nicht besuchen, weil Tante Katrin nicht konnte. Aber morgen wollten wir sie auf jeden Fall besuchen. Deswegen versuchte ich auch schnell einzuschlafen.

●●●

Wir machten uns gerade fertig, um ins Krankenhaus zu gehen, als die Freunde vom Balg kamen.

„Hey. Wo wollt ihr hin?" Das war Lili, sie hatte eine weiche und zarte Stimme.

„Wir gehen meine Mutter besuchen" Ich lächelte.

„Oh. Wir wollten euch eigentlich gerade fragen, ob ihr mit in den Wald geht. Aber das ist natürlich wichtiger", sagte nun auch Matias.

„Nein, nein, geht schon. Wir können sie ja ein anderes Mal besuchen", sagte das Balg, während sie lächelte und mit der Hand vor ihrem Gesicht winkte.

„Also ich gehe meine Mutter besuchen."

„Na gut. Dann bis demnächst", sagte Matias bedrückt und winkte mir zu.

Ich setzte mich ins Auto und sah zu, wie alle gingen.

Meine Tante stieg neben mich ins Auto und wir fuhren los.

● ● ●

Am Krankenhaus angekommen, suchte sie erstmal wieder einen Parkplatz.

Als sie einen gefunden hatte, gingen wir ins Krankenhaus und dann zu dem Zimmer meiner Mutter.

Oben angekommen stand die Tür schon offen, was sonst nie so war.

Ich hörte wie jemand rumschrie.

Mein Herzschlag verschnellerte sich und ich rannte in das Zimmer. Was ich da sah, ließ mein Herz noch schneller schlagen.

Ich war verzweifelt. Eine Frau versuchte meine Mutter wiederzubeleben, während zwei weitere Leute halfen.

Die Schreie hörte ich nicht mehr, auch nicht die meiner Tante. Ich hörte gar nix mehr. Nur noch meinen Herzschlag und wie das Blut in meinen Adern floss, was mir zeigte, dass ich am Leben war, aber sie nicht.

Nicht Anika und jetzt auch nicht mehr ... meine Mutter ...

Ich hörte wie jemand sagte: „Zeitpunkt des Todes, 14:23 Uhr"

Ich spürte wie jemand an mir schüttelte.

Ich drehte mich um und sah meine Tante die mich anschrie.

Ich spürte etwas Nasses auf meiner Haut. Ich weinte.

Und dann sah ich, wie meine Mutter, die jetzt unter einem weißen Tuch war, von jemanden nach draußen geschoben wurde.

Ich lief langsam hinterher. Immer noch nicht ganz realisiert, was gerade passiert war.

Hatten diese Menschen mich nicht mitbekommen? War ich etwa ein Geist? War ich vielleicht gestorben und nicht meine Mutter? Konnten sie mich deswegen nicht sehen? Hatten sie mich deswegen nicht von meiner Mutter verabschieden lassen? Hatten sie sie deswegen so schnell nach draußen gebracht? Landet sie nun in dieser kalten, dunklen und einsamen Kammer, in die alle Verstorbenen gebracht wurden?

Meine Tante schrie mir nach, doch ich hörte nicht hin.

Ich lief solange, bis ich gegen etwas stieß und auf den Boden fiel. Da bemerkte ich endlich, was gerade eigentlich passiert war.

Ich fing an zu weinen und zu schreien, ganz stark. Es war grauenhaft.

Erst Anika und dann auch noch meine Mutter. *Jetzt habe ich wirklich niemanden mehr.*

Es kam eine Schwester zu mir, die mir half aufzustehen und fragte, ob alles okay sei.

Ich konnte nicht mehr klar denken. Ich hatte mich noch nie so verlassen gefühlt.

Erst gestern war ein so schöner, lustiger Tag gewesen. Und jetzt? Jetzt war alles dunkel und finster. Ein Tag, der so aussah, wie die finsterste Nacht und sich auch so anfühlte.

Ich hielt das nicht aus. Ich konnte das einfach nicht mehr aushalten.

Gab es überhaupt noch etwas, was mich hierbehalten konnte?

Vielleicht. Aber sicher war ich mir da nicht.

3.1

Jetzt wussten alle Bescheid. Sie wollten mich trösten, aber war das auch echt? Ist das nur der Freundlichkeit halber? Oder nicht?
Ich wusste gar nix mehr.
In mir war ein Gefühl der Leere. Und mein Körper war einfach nur eine Hülle dafür.

Heute wollten sie alle wieder etwas unternehmen, aber ich wollte nicht mit.
Meine Tante Beschwerde sich gerade auch ganze Zeit beim Anwalt. Meine Mutter wollte ihr kein Erbe geben.
Einmal hatte ich zugehört, sie war aber auch so laut, dass man gar nicht weghören konnte.
„Wie sie will mir kein Erbe geben? Wer bekommt es denn dann?
…
IHRE TOCHTER? Warum denn die?
…
Ach was, ihr Kind. Die braucht das doch gar nicht.
…
Wie für ihre Zukunft? Als ob dieses Kind eine

Zukunft hätte. Die ist doch genauso wie ihre Mutter! Einfach nur unbrauchbar. Es ist ja schon schlimm genug, dass ich mich jetzt um dieses Balg kümmern muss! Wo bleibt meine Abfindung dafür?
…
Hallo? Hallo, ist da noch wer dran? Aufgelegt, ich glaub es nicht!"

Sie war aber auch ziemlich gemein zu mir. Ganze Zeit schlug oder beschimpfte sie mich.
Meine Cousine wurde auch immer schlimmer, seit Matias und ich uns besser verstanden.

Jetzt hörte ich Schritte. Ich saß gerade auf dem Boden, vor der Tür. Als ich merkte, dass jemand vor der Tür war, sprang ich auf und stellte mich in die Mitte des Raumes. Ich sah mich um, weil ich mich verstecken wollte. Diese Frau war zum Fürchten. Doch ehe ich auch nur ein passendes Versteck gefunden hatte, kam sie auch schon mit hochrotem Kopf in mein Zimmer und fing an rumzuschreien. „DEINE MUTTER!"
Sie kam auf mich zu und ich versuchte, meine Hände schützend, vor mein Gesicht zu halten.
„Sie will mir kein Erbe geben! Glaubst du das? Dabei kümmere ich mich um dich! Und was ist der Dank dafür? Sie will mir einfach kein Erbe geben! WEGEN DIR!"
Ich zuckte zusammen, weil ich schon den Schlag hörte.
Nun lag ich auf dem Boden und spürte, wie sie auf

mich einschlug. Ich versuchte mich zu wehren, aber sie hatte sich auf mich gesetzt, so, dass ich nur mit meinen Beinen strampeln und meine Arme noch schützend vor mich halten konnte.

Ich schrie. Ich schrie, dass sie aufhören sollte, aber sie tat es nicht.

Ich hasse diese Welt. Ich hasse alles an ihr. Ich hasse alles und jeden.

Wie kann sie so etwas nur tun? Ich bin doch ihre Nichte und sie war ihre Schwester. Wie kann sie nur so über sie herfallen? Sie ist doch tot.

Warum ist sie nicht tot? Diese Frau hätte den Tod verdient! Nicht meine Mutter. Ihr Balg auch.

Ich will sie tot sehen. Alle!

Sie schlug mich so dolle und dann auch noch dieses Rumgeschreie von ihr. „Wieso gibt sie mir kein Erbe? Ich bin doch ihre Schwester! Ich war doch ihre Schwester ..." Aus der schreienden Stimme, wurde immer mehr ein Flüstern. Sie hört auch langsam auf, auf mich einzuschlagen.

Ich spürte, wie etwas Nasses auf mich fiel. Sie weinte.

Nun stand sie auf und ging aus dem Zimmer.

Ich wollte aufstehen. Rausrennen, aber dann hörte ich, wie ein Schloss verschlossen wurde.

Dann ertönten kurz darauf Schritte. Einmal Schritte des Gehens und einmal Schritte des Kommens.

„Da ist die Rate jetzt in ihrem Loch. Eingesperrt und von jedem werden die Hilfeschreie von ihr nicht beachtet.

Niemand interessiert sich für sie, keiner mag sie, sie ist dreckig und ist anders.

Keiner will sie. Deswegen wird sie eingesperrt, damit niemand ihren Anblick ertragen muss. Sie ist zu hässlich und würde jeden verjagen. Ein hässliches kleines Ding, was keiner will, aber trotzdem noch lebt.

Wozu lebt so etwas noch? Müsste so jemand, nicht eigentlich schon tot sein?

Sag es mir! Wozu lebst du noch?"

Diese gehässige Stimme. Das war das Balg. Sie will mich provozieren und unterdrücken, aber das schafft sie nicht.

„Um dich zu töten!"

„Du? Mich töten? Du kommst ja nicht einmal aus deinem Käfig raus. Wie willst DU mich da töten?"

Ich schwieg und hörte dann ein Lachen.

„Du hast es verdient hier drinnen zu sein. Jemand wie du, hätte schon längst eingesperrt werden müssen."

Ich trat gegen die Tür und hörte ein erschrockenes Geräusch. Dann ein Lachen und dann hörte ich, wie jemand ging.

Sie hat Recht.

Wozu lebe ich eigentlich noch? Wozu lebt man überhaupt? Um diese Schmerzen Tag ein, Tag aus ertragen zu müssen? Oder gibt es doch einen anderen Grund dafür?

● ● ●

Heute war Montag. Ich wurde in die Schule gebracht, damit ich nicht auf die Idee kam, abzuhauen.

In der Schule war schon bekannt, dass meine Mutter gestorben war und ich nun bei meiner Tante wohnte. Deswegen hatten diese Kerle auch neue Methoden gefunden, mich auf irgendeine Art und Weise, ausrasten zu lassen.

Ich saß wieder auf der Bank, wie immer, wenn ich in der Schule war und Pause war. Hier war das Einzige, was mich am Leben hielt. Die schönen Erinnerungen die ich hier mit Anika gesammelt hatte hielten mich am Leben. Sie hielte mich am Leben, auch wenn sie jetzt tot war.

An einem Tag, an dem es sehr schwül und heiß war, hatten wir beim Hausmeister Eis holen wollen.

Ich weiß noch ganz genau, wie er uns angeguckt hatte, als wir zu ihm kamen und sagten, dass wir Eis haben wollen.

Erst hatte er uns erschrocken und dann verwirrt angeguckt. Dann wollte er wissen, warum wir von ihm Eis wollten.

Wir sagten, dass uns zu warm sei und er eine sehr freundliche und nette Person war.

Er war wirklich nett. Er hatte von dem Vogel, den wir gerettet hatten etwas mitbekommen, mit uns einen Brutkasten gebaut und aufgehängten.

Er meinte nur, dass wir Recht hätten und er hatte

uns deswegen nicht nur Eis, sondern auch Wasser mit Eiswürfeln gegeben.

Dann kamen wir immer öfter zu ihm, bis er in Rente gegangen war und durch einen gemeinen etwas jüngeren Hausmeister eingetauscht wurde. Der war echt gemein. Er wollte sogar unserer über alles geliebte Bank entfernen lassen, weil sie so alt aussah. Aber weil wir uns dagegen gewehrt hatten, wurde es doch nicht durchgesetzt.

Ich vermisse diese Zeit. Das war die einzige Zeit, wo ich Spaß hatte. Wo ich eine Freundin an meiner Seite hatte. Eine Person hatte, die mir wirklich wichtig war.

Und jetzt, ist diese Zeit vorbei.

Jetzt ist alles vorbei.

Wenn man doch nur die Zeit zurückdrehen könnte und diese schrecklichen Dinge ungeschehen machen könnte. Wenn man das nur könnte.

Immer dieses wenn nur ...

Und hier kommt doch wieder dieses: WAS-WÄRE-WENN?

Was wäre, wenn man das könnte? Ich weiß es nicht und andere wissen es auch nicht, weil niemand das kann ...

● ● ●

Nach der Schule hat meine Tante mich sofort abgeholt. Sie dachte, dass ich vielleicht abhaue.

Ich wollte abhauen, eigentlich. Aber ich wusste

nicht wohin, also hatte ich es bei dem Gedanken bleiben lassen.

Wie ich an der Tür war, wurde ich auch schon zum Auto gezogen. Sie nahm meine Sachen und packte sie in den Kofferraum, während ich mich auf den Beifahrersitz setzte.

Wir fuhren sofort los und keine von uns sagte etwas. Es war eine erdrückende Stille, die keiner aushalten konnte. Aber trotzdem sprachen wir nicht. Worüber auch?

Hey, wann willst du mich als nächstes schlagen?

Heute schon beschwert?

Hast du was anderes im Kopf, außer ganze Zeit an dein nicht vorhandenes Erbe zu denken oder mich dafür schlagen zu wollen? Nein? Auch gut. Aber eigentlich nicht.

• • •

So wie wir losfuhren, so kamen wir auch an. Ich wurde in mein Zimmer gesperrt und Essen und Trinken wurde mir hochgebracht.

Ich fühlte mich wie eine Gefangene. Aber wenn man es sich genauer ansah, war ich das ja auch.

Aber eigentlich war es schlimmer.

Gefangene wurden immerhin nicht geschlagen. Oder doch?

Das werden sie sicher heimlich, wenn niemand

hinguckt, so wie es meine Tante macht, weil das ja eigentlich verboten ist.

Also war ich doch wie eine Gefangene im Gefängnis.

Gab es in Gefängnissen nicht Misshandlungen, also Sexuelle, weil die Menschlichen Triebe verrücktspielten, weil man sich nicht 'austoben' konnte.

Das war aber glaub ich nur in Männergefängnissen so.

Warum schweife ich nur immer so in meinen Gedanken ab? Anika sagte deswegen mal zu mir, dass ich die Aufmerksamkeitsspanne eines Kleinkindes hätte. Wenn die sich für etwas nicht interessieren, gehen sie sofort und beschäftigen sich mit etwas anderem. So wäre das mit mir und meinen Gedanken. Nur dass in meinen Gedanken eine Art Weg entstand, weil ich von einem Gedanken zum nächsten kam und daraus der Weg entstand.

Ja, wenigstens hatte ich das. Ohne meine Gedankengänge, hätte ich nix, was mir durch diese schreckliche Zeit helfen könnte. Aber aus diesen wurde ich durch eine Stimme geholt. Es war Matias seine.

„Hallo? Pia?"

„Ja? Ich bin hier drinnen."

„Warum ist die Tür denn abgeschlossen?"

„Hausarrest. Lass lieber die Finger davon. Sonst bekommst du großen Ärger."

„Na gut, wenn du meinst." Und damit ging er und ich dachte weiter nach.

•••

Nun waren das schon 2 Wochen, die ganze Zeit so abliefen. Ich hielt das langsam nicht mehr aus. Wie könnte man auch? Die Psyche spielte ja irgendwann komplett verrückt und es kam mir so vor, als würde ich langsam auch verrückt werden. Ich fing sogar schon an, die Wände, welche so hell waren, mit einem dunklen Stift zu bemalen. Die Seite, wo die Tür war, war schon voll.

Es war ein großes Monster, mit ausgehüllten Augen, welchem Blut aus dem Mund lief. Mit seinen riesigen Klauen hatte es ein paar Menschen gefangen. Wenn man das Monster anschaute, sah es so aus, als würde es einen anstarren und als nächstes Opfer wählen. Es war eine große Wand, aber das Monster war größer. Es sah aus, wie ein großer aneinandergereihter Haufen von schwarzen Fäden. Es hatte keine richtige Nase, nur zwei kleine Löcher. Der Kopf war wie eine Kugel und der Körper so schlank, dass es wie Magersüchtig aussah, aber durch seine Größe bemerkte man das weniger. Der Kopf war leicht gesenkt und etwas verdreht.

Es war wie mein dunkler Schatten.

Hihi, das ist lustig. Lustig, lustig.

Die nächste Wand wird mit Leichen von ihm überseht sein. Die andere Wand habe ich zu einer großen dunklen Höhle für es gemacht.

Das schöne große Bild, was ich wohl damit mache?

Oh, ich glaube, dass ich Schritte gehört habe.

Meine Tante will mich wohl zur Schule bringen. Und im nächsten Moment hörte ich, wie das Schloss geöffnet wurde.

Ich tapste raus und wir gingen runter zum Auto.

•••

In der Schule waren wieder diese Jungs. Die waren wieder so gemein zu mir. Aber trotzdem ging ich wie immer zu meiner wundervollen Bank. Ja, hier war es schön.

Anika. Ich glaube, ich bin verrückt geworden. Was soll ich tun? Sag es mir doch bitte.

Da kam schon die nächste Erinnerung.

Wir wollten uns einmal an den Jungs rächen, für das, was sie Anika immer antaten. Es war Winter und wir lockten einen der Jungs zu einem großen Teich.

Wir gingen darauf und er kam uns hinterher. Doch dann fielen wir ins Wasser, weil das Eis nicht alle von uns halten konnte.

Wir konnten uns gegenseitig raushelfen, aber diesem Kerl halfen wir nicht. Er schrie um Hilfe, doch wir standen einfach nur am Rand und sahen zu, wie er verzweifelt versuchte, aus dem Wasser zu kommen. Wir begannen sogar zu grinsen und sagten ihm, dass er es verdient hätte, dass er sich nicht mit uns anlegen sollte, wir würden ihm nicht helfen, wegen dem, was er uns immer antat.

Wir gingen dann einfach.

Ihm wurde von einem Fußgänger das Leben gerettet, aber danach war er mit seiner Familie umgezogen und wir hatten ihn nie wieder gesehen.

Ich erinnere mich nicht mehr an seinen Namen oder sein Aussehen, aber daran konnte ich mich erinnern.

Das war das erste Mal, dass ich mir vorkam, als wäre ich eine Geisteskranke.

Wir hatten nie jemandem von diesem Vorfall erzählt.

Ja, das war der Anfang, von dem, was jetzt kommt.

Gerade als ich den nächsten Gedanken fassen wollte, kam eine Lehrerin und meinte, dass der Unterricht angefangen hätte und ich doch bitte in meine Klasse gehen soll.

Ich stand auf und lief in die Klasse. Die Kommentare und alles andere ignorierte ich einfach und setzte mich auf meinen Platz.

●●●

Meine Tante stand schon bereit und ich ging meinen restlichen Alltag wie immer nach.

Ich saß auf dem Bett und vegetierte vor mich hin.

Bis ich mir einen Stift nahm und mein Meisterwerk fortsetzte.

Ja, das war es, ein wahres Meisterwerk.

Ich zeichnete so, dass es aussah, als ob Blut die Wände runterlaufen würde.

Bald war es geschafft. Ja, schon bald würde ich fertig sein mit meinem Meisterwerk.

Ich begann auf der anderen Seite weiter zu zeichnen und als nirgendwo mehr Platz war, begann ich das große, wunderschöne Bild, mit dem Baum, zu bemalen.

Ich war nun drauf und auch Anika. Wir hielten uns an den Händen, aber ich war gerade erst mit den Umrissen fertig geworden.

Ich stoppte und begann in mein Tagebuch meinen Wahnsinn zu schreiben.

Ich tat das jeden Tag.

Mein Leben.

Dieses Leben.

Zu was bin ich geworden? Wollte ich wirklichen zu sowas werden? Nein, ich glaube nicht. Zumindest nicht auf diese Weise. Nicht mit dem Weg.

Als ich fertig mit eintragen war, legte ich das Buch zur Seite. Ich wollte meinen Wahnsinn weiter fließen lassen und mein Meisterwerk beenden, doch dann fiel das Buch runter und etwas fiel raus.

Es fiel ein Bild raus. Ein Bild von mir und Anika. Wir hielten uns in den Arm und lächelten in die Kamera. Ich hob das Bild auf und setzte mich auf das Bett. Mir kam eine Träne, als ich das Bild betrachtete.

Ich erinnerte mich an diesen Tag.

Die Sonne schien, so wie auf diesem Bild. Es war ein warmer, angenehmer Tag. Nicht so heiß, wie sonst die Tage zu dieser Zeit.

Wir hatten Wandertag.

Eine Mutter hatte das Bild gemacht. Aber ich

wusste nicht, wem seine Mutter das war.

Wir waren in einem Wald an einem See, nicht sehr groß, aber auch nicht klein. Wir waren hingelaufen und am See hatten wir alle was gegessen, als wir angekommen waren.

Die Jungs hatten uns dieses Mal nicht beleidigt. Nein, wir hatten sogar richtig Spaß mit ihnen, auch, wenn sie uns in den See geworfen hatten. Wir hatten uns natürlich gerächt und sie mit reingezogen. Es war wirklich sehr lustig.

Wenn doch nur immer so ein Tag sein könnte.

Da ist es wieder. Wenn nur. Immer ist es da, aber die Wirklichkeit ist es nicht.

Ich stand auf und legte das Bild in das Kästchen zu dem Stein. Dann ging ich wieder zum Bett und schlief.

• • •

Heute war der Tag, an dem mein Meisterwerk fertig werden sollte.

Ich wurde wieder in die Schule gebracht, aber ich ging nicht zum Unterricht, sondern zu unserer Bank.

"Anika. Ich werde eine Weile nicht kommen können, aber mach dir keine Sorgen. Ich werde bald wieder

da sein. Warte so lange auf mich, ja?" Mit diesen Worten nahm ich einen Ast vom Boden, welchen ich in das Kästchen tat, welches ich mir in meine Jackentasche legte, bevor ich aus meinem Zimmer ging.
Wir hatten zusammen immer Äste und Stöckchen gesammelt, um dann irgendetwas daraus zu basteln.

• • •

Dann ging ich zurück. Zurück zu dem Haus meiner Tante. Heute war Freitag. Das Balg hatte Schulfrei. Meine Tante kam heute später nach Hause, weil sie mich nach ihrer Arbeit abholte. Dieses Mal war ich aber nicht in der Schule.
Ich ging in die Küche und nahm ein Messer (Ein Messer aus meinem richtigen Zuhause. Nach dem Tot meiner Mutter und der Erkenntnis, dass sie kein Erbe bekommen würde, hatte sie die ganze Wohnung geplündert. Meine Sachen hatte ich nicht bekommen, die hatte sie einfach weggeworfen, abgesehen von meiner Kleidung. Zumindest wurde weggeworfen, was das Balg nicht haben wollte.)
Dann lief ich hoch zum Zimmer von diesem Balg.

Ich hörte, wie sie etwas sagte. Ihr Fernseher war an. Sie sprach immer mit dem Fernseher, den sie immer viel zu laut stellte. Aber dieses Mal war es praktisch. Diesmal würde niemand ihre Schreie hören.

Ich schritt in ihr Zimmer und sie sah mich

erschrocken, aber dann genervt an. Sie hatte ein großes Zimmer, mit Fenstern, die die ganze Außenwand einnahmen, dazu passend große, bis zum Boden reichende, weiße Gardinen, die das riesige Fenster halb bedeckten. In der Mitte des Zimmers war ein großes rosa-weißes Bett. Es war übersät, mit Kissen und Plüschtieren, welche sehr weich sein mussten. Um das Bett waren große, weiße Teppiche. Die Wände waren weiß. Ein Schrank mit hellem Holz reichte über die ganze Wand und hatte an jeder Tür Spiegel. In der Mitte vom Schrank war ein Fernseher, mit Blick direkt zum Bett. Neben der Tür war ein weißer Schreibtisch, mit passendem Drehstuhl. Gegenüber der Tür war die Außenwand mit den großen Fenstern. Und über dem Bett hing ein Regal, voll mit Schmuck, Münzen, kleinen Plüschtieren und anderen Sachen. Es war ein sehr geräumiges Zimmer, und so hell.

Sie musterte mich. „Was machst du denn hier? Müsstest du nicht in der Schule sein?"

„Eigentlich. Aber ich muss den Grund erfüllen, warum ich noch lebe. Ich bin hier ..."

Ich Schritt näher an sie, meine Hände hinter dem Rücken und mein Kopf gesenkt.

Dann stand ich direkt vor ihr, sah nach oben, zog das Messer und schlug auf sie ein.

„... um dich zu töten."

Sie schrie entsetzlich. Gott, war das nervig. Aber dann hörten die Schreie auf und die weiße Decke, auf der sie bis eben saß, färbte sich rot.

Ich nahm mir einen Pinsel, der in einem Stiftebehälter auf ihrem Schreibtisch war und

entleerte diesen kurz darauf.

Dann ging ich wieder zum Balg und nahm eine Schere, die aus dem Stiftebehälter mit rausfiel. Ich nahm mir ihren Arm, hielt ihn über den Behälter und schnitt ihn auf. Ihr Blut floss in den Behälter und ich warteten, bis der Behälter am überlaufen war. Dann warf ich ihren Arm zur Seite, nahm das Messer, den Behälter und den Pinsel, stand auf und ging in mein Zimmer.

Nun zeichnete ich weiter an meinem Meisterwerk, aber nicht wie sonst mit dem Stift. Nein, dieses Mal nahm ich das Blut vom Balg.

● ● ●

Ich hörte wie jemand die Treppen hoch rannte. Erst gingen die Schritte in Richtung Zimmer vom Balg, dann zu meinem.

Ich hörte auf zu zeichnen und sah zur Tür. Die Tür ging auf und ich sah meine Tante. Sie hatte einen entsetzten Ausdruck in ihrem Gesicht. Ich lächelte sie an. Sie blieb in der Tür stehen und ihr kamen die Tränen. Dann realisierte sie, was ich getan hatte. Sie kam auf mich zu und sie wollte mir eine scheuern, doch bevor sie etwas tun konnte, zog ich das Messer und rammte es ihr lächelnd in die Brust.

Ich hörte, wie ihre Stimme krächzte und zog es wieder aus ihrem Körper.

Sie fiel zusammen und dann zu Boden.

„Hoffentlich hast du Albträume von mir, wenn du in der Hölle angekommen bist."

Dann nahm ich den Pinsel, nahm mir etwas von ihrem Blut und zeichnete ein paar letzte Striche.

Zu sehen waren ich und Anika. Wir hatten ein Blut unterlaufenes Lächeln. Von unseren Händen, mit denen wir uns an der Hand hielten, floss Blut. Wir hatten genauso ausgehüllte Augen, wie das Monster. Wir bildeten das Monster. Die Leichen die vom Monster gefressen oder getötet wurden, waren alles Menschen, die uns Schaden zugefügt hatten.

Den Pinsel legte ich auch in das Kästchen.

Ich zog mir die Blutigen Sachen aus, duschte mich und zog mir neue Sachen an. Ich packte meine Tasche und verließ mein Meisterwerk, das Letzte, was ich je machen würde. Aber es fehlten noch einzelne Stücke, weswegen es nicht ganz vollendet war.

Es gab 5 Jungs, die uns Schaden zugefügt hatten. Der Dicke, ihr Boss, ein kleinerer Dünner, einer der so groß war, wie ich und ein Fuchshaar.

Ich ging aus dem Haus und zu Matias. Ich war einmal bei ihm. Seine Eltern waren auch nie da.

Ich klingelte und er öffnete mir sofort die Tür. „Hallo. Was machst du denn hier?" Er sah mich lächelnd, aber dennoch verwirrt an.

„Ich brauch für eine Weile eine Wohnmöglichkeit. Meine Tante hat mich rausgeworfen."

„Na die ist ja drauf. Erst sperrt sie dich so lange ein und dann sowas.

Komm erstmal rein! Du kannst deine Sachen neben das Sofa stellen." Er ließ mich an ihm vorbei

und ich ging rein.

Sein Haus war nicht so groß. Man gelang direkt ins Wohnzimmer und dahinter war die Küche. Es war etwas eng, aber dennoch gemütlich.

Ich legte meine Sachen ab und setzte mich auf das Sofa.

„Deine Cousine wollte mit mir zusammen sein. Ist das zu glauben? Ich sagte ihr ich sei für sowas nicht zu haben."

Ich sah mich um und sah ihm dann dabei zu, wie er Saft in zwei Gläser eingoss.

„Also ich bin schon für sowas zuhaben, aber halt nicht mit ihr. Sie ist mir zu jung." Er kam mit den Gläsern zu mir, setzte sich neben mich und gab mir eins der Gläser.

„Danke.", sagte ich leise.

Er sah mich mit großen Augen an und ich guckte in das Glas.

„Keine Sorge. Ich werde hier sicher nicht so lange sein." Nun sah ich ihn an und wisch etwas zurück, weil er mir zu nah war.

„Keine Sorge? Mich stört es nicht, dass du hier bist, wenn du das meinst. Im Gegenteil. Ich finde es toll, dass du hier bist."

„Danke."

Ich schlief auf dem Sofa, aber wurde durch ein dumpfes Geräusch geweckt.

„Tut mir leid. Habe ich dich geweckt?"

„Ja. Wie spät ist es?"

„Um 8."

„Abends?"

„Morgens."

„Und da bist du schon wach? Was bist du denn?"

„Ein Mensch."

Ich stand auf und rieb mir meine Augen.

„Deine Haare sehen ja noch schlimmer aus als sonst."

„Danke", sagte ich noch halb verschlafen.

„Hier." Er gab mir Toast und Saft.

Ich aß es und stand dann wieder auf.

Ich nahm eine Blume aus einer Vase und legte sie in das Kästchen.

Vielleicht sollte ich gehen. Das Messer konnte ich ja nicht ewig verstecken. Ich hatte es in eins meiner T-Shirts gelegt und so gut es ging, vom Blut befreit.

Ich drehte mich zu Matias und er sah mich sanft an.

„Kannst du mir 2 Wasserflaschen geben und etwas zu Essen in eine Tüte tun?"

Er nickte und fing an alles zusammen zu suchen.

Ich blieb noch etwas. Wir unterhielten uns, über allmögliches. Aber irgendwann wurde es so dunkel, dass ich einschlief.

•••

Als ich aufwachte, sah ich, dass ich an seiner Schulter eingeschlafen war.

Ich stand auf und guckte aus einem Fenster. Es war klein, nicht so wie die Fenster meiner Tante.

Dann hörte ich etwas hinter mir.

„Heute bist du aber eher wach."

Ich drehte mich um und sah einen verschlafenen Matias an. „Ja. Das liegt aber auch nur daran, dass du dich im Schlaf so extrem bewegt hast." Ich drehte mich weg und hörte, wie er aufstand. Nun stand er direkt neben mir.

„Bist du sauer?", fragte er besorgt.

„Ein bisschen, weil ich wieder wegen dir so früh wach geworden bin."

„In einem anderen Land ist es jetzt abends."

„Wir sind aber nicht in einem anderen Land. Wir sind in Deutschland."

Daraufhin mussten wir beide lachen. Ich hatte lange nicht mehr so viel Spaß. Doch es wurde Zeit. Ich musste gehen.

•••

Es war gerade abends geworden und draußen wurde es schon dunkel, als ich alles zusammengepackt hatte.

„Musst du wirklich schon gehen?"

Ich nickte.

Ich wollte gerade noch etwas einpacken, als ich sah, wie ein Polizeiauto vor der Tür hielt.

„Ich muss gehen. Sofort!"

„Was? Warum?"

„Weil ich etwas getan habe. Ich habe jemanden

getötet." Ich wusste nicht, warum ich ihm das sagte, ich tat es einfach. Es war aber wahrscheinlich, weil ich ihn eh nie wieder sehen würde. Er hatte wenigstens die Wahrheit verdient, wo er mir doch so geholfen hatte. Aber vielleicht würde er mich dafür nun der Polizei ausliefern. Wie dumm es doch von mir war. Dumm und naiv.

„WAS?! WEN?!"

„Meine Tanten und dieses Balg."

Es klingelte an der Tür.

„Ich muss hier weg."

Er sah mich erstarrt an, begann dann aber doch zu sprechen. „Nach hinten. Geh nach hinten, durchs Fenster. Ich lenke die Polizei ab."

„Danke."

Er hatte mir geholfen (auch, wenn ich es nicht so recht verstand). Vielleicht war es doch nicht so dumm gewesen, es ihm zu verraten.

Ich wollte gerade los, da hielt er mich fest und küsste mich. „Das wird ein Abschied für immer, oder?"

Ich sah erst geschockt, aber dann traurig aus und nun nickte ich.

Ich rannte zum Fenster und hüpfte raus. Ich sah

nicht hinter mich.

Es war etwas schwer mit Tasche zu rennen, aber es ging irgendwie.

Sein Haus war auch gleich am Waldrand, weswegen ich schnell eine Versteck-möglichkeit hatte. Ich rannte in den Wald, in die Dunkelheit und verschwand in der Tiefe des Waldes.

4

Wie spät war es? Ich wusste es nicht. Ich wusste nicht einmal, welcher Tag war. Aber es wurde kalt. Die Blätter fielen von den Bäumen.

Herbst.

Ich wusste jetzt zumindest, was für eine Jahreszeit war.

Ich irre nun fast eine Woche durch den Wald. Die Polizei hat mich aber noch nicht entdeckt.

Bald war es so weit. Ich musste ein weiteres Teil meines Meisterwerkes weiter vollenden.

Nun lief ich eine Straße entlang, aber gut hinter Bäumen versteckt. Meine Lebensmittelreste waren auch schon so gut wie nicht mehr vorhanden.

Wie weit es wohl noch war? Ein paar Schritte waren es sicher noch.

Ja, unser kleines Dorf war ja von Wald umzingelt. Gerade war es noch hell, aber bald würde es schon dunkel werden.

•••

Nun war es schon Dämmerung, aber ich konnte Lichter sehen.

Nur noch ein paar Meter. Hier würde ich weiter machen.

Da vorne, in einem weißen Haus, mit rotem Dach, wohnte der Fuchskopf. Es stand kein Auto da. War er nicht zu Hause?

Ich lief näher ans Haus. Ein Licht war an, im oberen Stock und man konnte zwei Gestalten sehen. Dann hörte man einen lauten Schrei. Er schrie: „TOR!"

Nun war es schon fast so dunkel, dass man nix mehr sehen konnte.

Ich schlug eins der Fenster ein und kletterte rein. Dabei schnitt ich mir in den Arm, aber es war nur ein kleiner Schnitt. Ich landete direkt in der Küche. Ich wusch ihn schnell aus und wickelte ein Küchentuch drum.

Ich sah mich um, aber weil es so dunkel war, sah ich kaum etwas, nur durch die weißen Wände konnte ich grobe Umrisse erkennen.

Ein Esstisch war in der Mitte des Raumes und darum standen Theken, Geschirrspüler, Kühlschrank und so an der Wand.

Es gab ein Zimmer weiter, aber da ging ich nicht hin. Neben der Tür zu diesem Zimmer war eine Treppe, die nach oben führte.

Ich suchte nach dem Messer in meiner Tasche und lief die Treppe hoch. Sie waren so laut, dass sie nicht mal hörten, wie ich die Scheibe eingeschlagen hatte.

Ich schritt vor die Tür und nahm mein Messer, welches ich endlich gefunden hatte. Ein Spalt der Tür war offen.

Gleich zwei auf einmal. Der Dicke war auch da. Ich öffnete die Tür und schritt leise an sie. Es war dunkel, nur das Licht vom Fernseher, welcher in einer Ecke stand, erhellte den Raum.

Nun wurde ich bemerkt. Der Dicke drehte sich um und sah mich fassungslos und verwirrt an. „Was? Wie?" Weiter kam er nicht, da hatte er schon ein Messer in seiner Schläfe.

Nun sprang der Fuchskopf weg, der bis eben genauso verwirrt ausgesehen hatte, wie es bei dem Dicken der Fall war. Er sah erschrocken zu seinem, nun tot am Boden liegenden, Kumpel. Bei meinen Worten jedoch, sah er erst zu mir, dann zu dem blutigen Messer in meiner Hand.

„Du bist der Nächste." Und damit sprang ich auf ihn zu und rammte ihn das Messer in die Brust. Ich hörte nur seine Schreie und lachte dabei. Ich stach noch ein paar Mal auf ihn ein, bis der schöne Klang der Schreie verschwand.

Damit malte ich mit ihrem Blut etwas an die Wand. Es war eine Blume, die für Anika stehen sollte. Darunter schrieb ich: Ihr seid schuld.

Vom Fuchskopf schnitt ich ein paar Haare ab, vom dicken nahm ich ein Bonbon, auf die er so stand und legte alles in das Kästchen.

Dann duschte ich mich wieder, suchte mir Essen und Trinken, packte es ein, säuberte mein Messer und ging dann aus dem Haus.

Wer würde wohl mein nächstes Opfer sein? Ich glaube der Kleine.

Damit verzog ich mich wieder in den Wald.

Wo wohnte er eigentlich? Das werde ich schon rausfinden.

4.1

Ich wurde durch Regen geweckt. Ich war zwar unter den Bäumen gut vor ihm geschützt, aber er war trotzdem sehr laut.

Wie spät es wohl war? Diese Frage stellte ich mir jeden Tag. Ich hätte mir ein Handy von den Jungs klauen sollen.

Ich Idiotin. Vielleicht stehen ja Adresse oder so von den Anderen da drinnen.

Ich schlug mir bei diesem Gedanken gegen die Stirn und sah mich um. Es war noch dunkel. Ich verzog mich näher an einen Baum und versuchte einzuschlafen, was mit Mühe und Not auch klappte.

•••

Dieses Mal wurde ich nicht durch den Regen, sondern durch ein paar Sonnenstrahlen, die es gerade so durch das Waldgewächs schafften, aufgeweckt.

Ich stand auf und merkte, dass ich Hunger hatte.

Ich aß etwas von dem geklauten Essen und trank auch etwas. Dann stand ich auf und ging weiter. Ich musste zurück ins Dorf. Und so machte ich mich auf den Weg.

Ich sollte zuerst zum Spielplatz gehen. In der Nähe ist ein Platz, wo die Jungs sich meistens mit ihrem Fahrädern aufhalten.

Das erinnerte mich an einen Ferientag im Sommer. Die Jungs hatten Anika und mich im Wald mit den Fahrrädern umzingelt und dann mit Wasser überschüttet. Wir hatten geschrien, aber es war schon lustig.

Früher war alles was die Jungs gemacht hatten noch lustig, aber dann wurde es schlimm. Die fingen an es zu übertreiben und es wurde schlimmer und schlimmer. Bis Anika ... Naja.

Die hatten uns dann auch mit einem Schal zusammen um einen Baum gebunden. Es war schwierig sich daraus zu befreien und wir konnten sie nicht anmotzen uns zu befreien, weil sie schnell und lachend weg gefahren waren.

Nach dem wir und durch einen Stock befreien konnten, waren wir den Reifenspuren gefolgt. Wir hatten die Jungs dann an diesem Platz gefunden. Er war in der Nähe von einem Spielplatz, aber etwas abseits. Er war von Wald umgeben und der Boden war wie bei einer Straße.

Sie machten sich darüber lustig, was sie mit uns gemacht hatten und fuhren dabei zickzack oder in Kreisen. Wir hatten uns in dem Moment hinter einem Baum Versteckt.

Einer von ihnen sagte, dass wir uns jetzt sicher

nicht mehr befreien könnten. Dabei mussten wir uns angrinsen und versuchten ein Lachen zu unterdrücken.

Wir kamen da auf eine Idee wie wir uns an den Jungs rächen könnten.

Dafür hatten wir Fäden um die Bäume um den Platz gebunden.

Ich weiß nicht mehr wie wir es unbemerkt geschafft haben, aber wir taten es. Ich weiß auch noch, dass wir hörten, wie sie sagten, dass sie sich am nächsten Tag dort nochmal treffen wollten. Damit sind wir wohl auch auf die Idee gekommen, aber so genau weiß ich das nicht mehr.

Dann hatten wir Eimer mit Farbe und Wasser auf die Bäume gezogen, mit einem Seil. Ein Großes Netz hatten wir auch gespannt, aber das war weiter im Wald.

Den Tag darauf kamen die Jungs dann wie erwartet. Wir standen dann am Rand vom Platz und riefen den Jungs ein paar Sachen zu, die ihnen nicht so gefallen hatten. Weswegen sie dann auch auf uns zu gerannt kamen.

Wir rannten lachend weg und unbemerkt unter die gut getarnten Fäden durch. Alle von ihnen rannten dagegen und dann zogen wir an den Seilen, so, dass die Farbe und das Wasser auf sie fiel. Das hatte sie nur noch wütender gemacht und wir mussten immer mehr lachen.

Als sie sich aufrappelten, rannten wir weiter in den Wald. Wir platzierten uns so, dass wir das Seil ziehen konnten, sobald die Jungs zu uns kommen wollten.

Sie taten es dann auch und wir ließen es fallen.

Aber wie wir uns das erhofft hatten, lief es nicht.

Es fiel zwar auf sie, aber wir waren zu langsam sie mit einem Seil einzuwickeln. Deshalb waren die Jungs unter dem Netz vorgekommen und hatten uns stattdessen eingewickelt. Unsere Versuche davor zu fliehen waren sinnlos.

Sie trugen uns als nächstes zu ihrem Platz zurück und setzten uns so ab, dass wir Rücken an Rücken auf dem steinernen Boden saßen.

Wir sahen sie mit dem Netz auf dem Kopf an und sagten nur, dass sie uns gefälligst befreien sollten. Darüber lachten sie aber nur.

„Was sollen wir jetzt mit dem Fischen im Netz machen?" Das war ihr dummer Boss, Ben.

„Ich weiß nicht. Vielleicht sollten wir sie dieses Mal an einen Baum hängen, statt nur dranzubinden", das war diesmal dieser kleine Wischt, Konstantin.

„Bitte lasst uns raus." Anika hielt sowas nicht lange aus. Sie hatte Platzangst und wenn das mal kein Platzmangel war …

„Warum sollten wir?" Der Dicke lernte auch nie, dass man nicht mit vollem Mund sprechen sollte. Er hieß Kevin und war auch ein richtiger Kevin.

„Jetzt lasst uns raus, ihr Idioten!", und das war ich und ich musste mich wie eine fauchende Katze angehört haben.

Nun setze sich ihr Boss vor mich in die Hocke und sah mir direkt in die Augen. „Aber warum denn? Seine Trophäen wirft man doch auch nicht einfach so weg. Und gerade seid ihr nun mal unsere Trophäen." Damit strich er über meinen Kopf, den ich sofort zu schütteln begann.

„Also ich will einen Kuss, von Anika." Wie ein Fuchs, mit seinen Haaren und das Verhalten glich auch einem, aber so war Martin nun mal.

„Vergiss es! Nur weil du auf sie stehst heißt es nicht, dass sie auch auf dich steht!" Ich war davon wirklich gereizt.

„Das war doch nur ein Witz von ihm, oder?" Ben war zwar ein Idiot, aber immer noch am normalsten mit Gustav, der eigentlich nie was sagte und gerade auch nur einfach dastand. Auch wenn man das nicht wirklich glauben konnte, war es so.

„Jaja", kam es jetzt nur von dem Fuchsjungen.

„Jetzt lasst uns gehen!" Da war sie wieder, meine wütende, Katzenartige Stimme.

„Nur ...", er saß immer noch vor mir und sah sich dann bei den anderen um, „... wenn ihr uns bei etwas helft."

„Und was wäre das?" In diesem Moment spürte ich schon, wie Anika anfing hysterisch zu werden. Damit wurde ich es auch, weil ich mir Sorgen um sie machte.

„Ihr helft uns, den Test für die nächste Arbeit zu klauen."

Ben dieser Idiot. Weiß der wie großen Ärger wir bekommen, wenn wir erwischt werden?

„Das ist jetzt nicht dein Ernst?"

„Doch. Wir stehen in der Schule schon so schlecht, da ist das unsere letzte Rettung."

„Mal was von Lernen gehört?"

„Da drinnen sind wir nicht so gut." Er sah sich wieder um und alle nickten. „Also?"

Eigentlich wollte ich nein sagen, aber Anika

begann schon zu zappeln. „Einverstanden!", schrie ich daraufhin.

Dann sagte er zu den anderen, dass sie uns losbinden sollten und wir machten uns aus, wann und wie wir es machen wollten.

Das Endergebnis ging voll in die Hose.

Wir hatten die Arbeit zwar klauen können, obwohl wir fasst durch den Hausmeister erwischt worden, aber die falsche Arbeit war es trotzdem.

Das waren noch Zeiten.

Am Ende mussten Anika und ich trüber lachen. Die Jungs waren deswegen zwar zerknirscht, aber später mussten die auch lachen.

So war das. Sie spielten uns einen Streich und wir rächten uns.

Doch dann waren es keine richtigen Streiche mehr, die sie uns spielten, sondern einfach nur noch Mobbing. Wobei es eher bei Anika Mobbing war, bei mir waren es nur ein paar dumme Sprüche oder so.

Wenn sie es doch nur bei ihren Streichen gelassen hätten.

Nun wartete ich also darauf, dass einer von den 3 übrigen kam. Und es kam sogar einer.

Es war aber der Ruhige. Gustav.

Ich stellte mich an den Rand des Waldes. Es waren Wolken am Himmel und es sah so aus, als würde es gleich regnen. Mein Haar schwebte im Wind und Blätter flogen umher.

Gustav stellte sein Fahrrad ab und sah sich dann um. Endlich bemerkte er mich. Ich schritt rückwärts in den Wald und er sah mir neugierig hinterher, bis er mir folgte.

Jetzt stand ich genau an der Stelle, wo wir damals das Netz fallen ließen.

Er kam nach und stand nun auch im Kreis. Er sah mich verwundert an. Er trug immer noch diese Kette. Anika hatte sie mit mir gemacht. Es war ein Friedensangebot, aber die anderen meinten, dass das was für Mädchen wäre. Nur er nahm es an, aber geändert hat sich trotzdem nix. Er war trotzdem am nettesten. Es tut mir fast schon leid, ihn töten zu müssen. Aber das war jetzt auch egal, denn es musste nun mal so sein, sonst würde das alles ja überhaupt nichts bringen. Immerhin sollte alles so werden, wie …

„Was machst du hier?", fragte er etwas unsicher, seine Stimme hatte schon beinahe zu zittern begonnen, wo er doch sonst immer eine so feste und klare, dennoch leise, Stimme hatte. Ihm war diese Situation sichtlich unwohl. Sicher wäre er am liebsten nun irgendwo anders, irgendwo, wo er nicht mit mir alleine im Wald sein musste, wo es jede Menge Möglichkeiten gab, jemanden verschwinden zu lassen. Er war schon immer recht feinfühlig gewesen, sicher spürte er, dass irgendwas nicht stimmte.

Ich schritt an ihn und flüsterte in sein Ohr: „Ich bin hier, um dich zu töten."

Und bevor er realisieren konnte, was ich sagte, steckte auch schon ein Messer in seinem Bauch.

Er sah mich mit geweiteten Augen an, kein Laut verließ in (selbst im Angesicht des Todes, blieb er ganz ruhig), nicht mal ein Aufschnappen oder irgendeine Form des Luftholens. Nur das Geräusch des Stiches zeigte mir, dass ich ihn wirklich getroffen hatte, das Geräusch und das Gefühl des Blutes auf meinen Händen.

Ich zog das Messer wieder heraus, wodurch Blut mit hinausspritzte. Dabei hatte ich einen Eiskalten Blick.

Er sah nach unten und fasste an die Stelle, wo bis eben noch das Messer steckte. Seine Kleidung drängte sich bereits in dem Blut und färbte sich rot. Ich sah seine Augen. Diesen Ausdruck würde ich wohl niemals vergessen können. So unwirklich, so verletzt, verraten und verwirrt. Auch er hatte nie gewollt, dass es je so weit kam. Dann fiel er zu Boden und regte sich nicht mehr.

Ich nahm mir die Kette und legte diese auch in das Kästchen.

Ich zeichnete mit dem Blut eine Blume an einen Baum und schrieb darunter: Ihr seid schuld.

Damit ging ich an seine Hosentasche und holte ein Handy raus -diesmal würde ich nicht so dumm sein und denselben Fehler wiederholen, sowie beim letzten Mal.

Ich sah mich an. Ich hatte Glück. Nur meine Hände und mein Pullover hatten was von dem Blut abbekommen.

Ich wechselte mein Pullover gegen einen anderen und wischte mir und dem Messer mit dem Blutigen, das Blut ab. Den Blutigen schmiss ich auf Gustav

seine Leiche.

Damit fehlen nur noch zwei.

Ich zog mich weiter in den Wald zurück und forschte über das geklaute Handy, wo meine letzten Opfer waren.

Nicht mehr lange und ich wäre fertig.

5

Es war jetzt Mitten im Herbst. Zu dieser Jahreszeit hatte meine Mutter Geburtstag gehabt. Gestern wäre er gewesen. Ich hatte es am Datum vom Handy erkannt.

Gestern war der 29. September.

Nun waren schon fast keine Blätter mehr an den Bäumen. An so einem Tag hatte Anika einen Hund gefunden.

Er war noch klein und hatte ein ausgenutztes Halsband. Im Tierheim meinte einer, dass er einer älteren Frau gehörte.

Wir waren hingegangen, aber niemand machte auf.

Wir hatten das eine Woche lang versucht und den Hund in der Zeit zu Ben gebracht. Er hatte davon durch den Fuchskopf Wind bekommen, weil der Anika andauert hinterher spioniert hatte.

Wir hatten keinen Platz für ihn und deswegen hatte er sich bereit erklärt, dass er ihn solange nehmen würde. Ich war mir deswegen erst unsicher, aber Anika hatte mich überzeugt.

Nach der Woche, weil nie jemand kam, hatten wir die Polizei informiert. Die hatte die Tür aufgebrochen, weil niemand kam.

Die Frau wurde dann tot auf ihrem Sofa gefunden. Der Hund wollte jemand deswegen wohl Bescheid geben.

Das hatten wir dann auch Ben gesagt und dass der Hund deswegen jetzt ins Tierheim musste. Ich war sehr überrascht, über das, was er uns dann sagte. Er meinte, dass er sich um den Hund kümmern würde, die Tierheime seien ja eh immer so überfüllt. Anika hatte sich deswegen sogar um seinen Hals geworfen und sich ganze Zeit bedankt. Das hatte sie auch bei dem Fuchshaar gemacht, weil er Ben von dem Hund erzählt hatte.

Es war eigentlich eine Hündin, weswegen wir den Namen aussuchen durften. Ben meinte, weil wir ihn gefunden hatten und er sich eh nicht mit Mädchennamen auskannte.

Ich wollte sie Streuner nennen, aber Anika hatte was dagegen, es hörte sich zu Jungenhaft an, meinte sie. Dann wurde sie Sissy genannt.

Das letzte Mal als ich sie gesehen hatte, war sie doppelt so groß. Das war im letzten Sommer, wo das Mobbing noch nicht so schlimm war. Sie war wirklich eine Süße, aber dann ...

An einem Tag kam Ben richtig aufgelöst in die Schule, da hatten die Jungs Anika auch in Ruhe gelassen. Anika, so freundlich wie sie war, hatte auch noch gefragt was los sei, ob ihm schlecht wäre oder so. Sie kam dann ganz aufgelöst und in Tränen zu mir. Ich fragte sie, was los sei, sowie sie kurz zuvor bei Ben, und sie erzählte mir, dass Sissy von irgendwelchen Leuten, mit Rattengift gefüttert wurde.

Zu der Zeit wurden viele Hunde mit Rattengift

gefüttert.

Als ich das hörte, war ich selber ganz verzweifelt. Ich wusste, dass Sissy Ben sehr wichtig geworden war und wie schrecklich es für ihn sein musste.

An diesem Tag, hatten alle von seinen Jungs ihm geholfen ein Grab zu machen, sogar wir.

An dem Tag hatte sich Anika sogar an der Schulter von Fuchshaar ausgeweint.

Ich stand einfach nur fassungslos vor dem Grab. Sehen zu müssen, dass so ein süßes Wesen, einfach so getötet wurde, ohne irgendeinen Grund oder so. Ich hatte das einfach nicht ausgehalten.

Womit hatte sie das verdient?

Wir hatten dann alle Geld zusammengelegt, um Blumen für das Grab zu kaufen, die man einpflanzen konnte.

Es war ein bunt gemischter Haufen. Anika hatte sogar einen Grans aus Stöcken geflochten. Es war ein runder, großer, den wir als Abgrenzung für die Blumen benutzten.

Mit dieser Erinnerung teilte ich etwas mit den Jungs und Anika, was uns zeigte, dass wir eigentlich ein zusammengewachsener Haufen waren, der den falschen Weg zum Wachsen nahmen.

Und jetzt kommt wieder das: was wäre, wenn?

Was wäre, wenn wir den richtigen Weg genommen hätten, alle zusammen? Gibt es überhaupt einen RICHTIGEN Weg?

Wir wären sicher gute Freunde geworden, aber der Mensch hat diese Art, immer die falschen

Entscheidungen zu treffen. So wie jetzt, damit. Wir sind nicht so schön gewachsen. Wir haben immer versucht das richtige zu tun, haben aber stattdessen das Falsche getan. Ich wünschte, wir hätten den richtigen Weg genommen, nur einmal wenigstens. Nur ein einziges Mal ...

• • •

Es war abends und ich stand vor der Haustür von diesem Zwerg. Seine Eltern waren wie es aussah nicht mehr wach. Die Tür war aber offen.

Ich ging rein. Es war ein schmaler Flur, der einen direkt in die Küche brachte, die gleich mit dem Wohnzimmer verbunden war. Dieses Haus hatte nur eine Etage, nicht wie die ganzen anderen in denen ich war.

Es drang ein Licht aus einer Spalte am Fußboden. An der Tür stand: ***BEDREHDEN FERBODEN!!!!!!!!!! (Das gilded auch für disch MAMA!!!!!!!!!)***

Rechtschreibung muss der wohl noch(mal) lernen (Zurück in die Grundschule mit dem! Aber zackig!). Und dann sah ich noch einen komisch aussehenden Totenkopf. Er war eher verschnörkelt, als irgendetwas anderes.

Ich öffnete die Tür und sah ihn in seinem Bett liegen. Er hatte Kopfhörer in den Ohren, trotzdem konnte ich hören, was er hörte (Der ist wohl schon fast so taub, dass er das nötig hat, es so laut zu stellen).

Sein Zimmer war nicht groß, aber dafür lag überall etwas rum.

Ich sah ein Kissen auf dem Boden liegen und nahm es mir. Dann schritt ich langsam auf ihn zu, bis er erschrocken zurück wisch.

Er sah mich an, als wüsste er, was ich getan hatte.

Dann drückte ich das Kissen auf sein Gesicht. Er versuchte sich zu wehren, aber er schaffte es nicht, sich aus meinen Fängen zu befreien.

Die letzten Zuckungen kamen.

Auf seinem Schreibtisch lag eine kleine Figur. Die hatte Anika gehört. Sie hatte ihm diese aber dann geschenkt, weil er wegen irgendetwas geweint hatte. Seine Katze ist glaube ich überfahren worden. Das war eine Katzenfigur. Deswegen hatte sie sie ihm glaub ich geschenkt.

Ich nahm sie und tat sie zu den anderen Sachen in dem Kästchen.

Mit dieser Figur, wird unser Weg doch wieder gezeigt. Es wird gezeigt, dass wir doch alle sieben zusammengehört haben und immer für den anderen da waren.

Dieses Mal hatte ich mir meine Hände nicht schmutzig gemacht. Ich konnte einfach gehen. Und das tat ich auch, aber davor musste ich doch noch etwas tun.

Ich nahm mir mein Messer und einen Pinsel. Dann ging ich zu der Leiche und schnitt ihm die Pulsader, auf seinem Rechtenarm, auf.

Ich zeichnete über die Wand seines Bettes eine

Blume und schrieb darunter wieder den Satz: Ihr seid schuld.

Nun wusch ich noch schnell meine Hände ab und ging.

5.1

Es schneite. Der erste Schnee dieses Jahr. Der Boden war schon mit den kleinen Eiskristallen bedeckt. Trotz den Wolken am Himmel schienen ein paar Sonnenstrahlen, die den Boden zum Glitzern brachten.

Er sah so schön aus.

Anika sagte immer, dass sie Schnee liebte, auch wenn der Winter eine gefährliche Zeit war. Sie ist wohl als Kleinkind mal auf einem See gelaufen, der ein nicht so dickes Eis hatte und ist dann eingestürzt. Sie erinnerte sich nicht daran, wie sie rauskam, sie wusste nur noch, dass sie nass und unterkühlt war. Ein Mann hatte sie nach Hause gebracht, der in der Nachbarschaft wohnte. Sie war im Wasser wohl auch ohnmächtig geworden.

Mir war sowas noch nie passiert. Ich war nur einmal einen Hügel ausgerutscht und nach unten gegen einen Stein gekommen, dabei hatte ich mir mein Bein gebrochen.

Aber wir waren mal zusammen im Wald, mit den Jungs. Sie wollten uns etwas zeigen. Sie hatten einen riesigen Schneemann gebaut, er war fast 3 Meter groß. Anika war er unheimlich, weil er so ein krankes Lächeln hatte, aber ich ging näher ran und bezeichnete sie noch als Angsthase.

Die Jungs hatten dann stolz davon gesprochen, wie viel Arbeit das gemacht hatte und was für tolle Arbeit sie doch geleistet hatten. Aber so toll war diese Arbeit nicht. Er stand nicht richtig und hielt auch nicht gegen einen stärkeren Wind aus. Das war der Grund, warum er auf mich fiel und bewusstlos schlug.

Anika sagte, dass es so aussah, als wollte er mich fressen. Darüber konnte ich nur lachen. Sie sagte auch, weil ich bei ihr zu Hause aufwachte und ich nicht wusste, wie ich da hinkam, dass die Jungs mich zu ihr gebracht hatten.

„Ich hätte deinem Beispiel besser folgen und nicht so nah an dieses blöde Ding gehen sollen."

Die Jungs hatten sich dann auch bei mir öfters entschuldigt und Anika und mich auf heiße Waffeln und Kakao eingeladen. Da hatten wir nicht nein sagen können.

Wir waren dafür zu Ben gegangen und waren in seinem Wohnzimmer.

Wir hatten uns aus einem Haufen Decken und Kissen ein richtiges Nest gebaut und hatten ein paar Decken sogar so aufgehängt, dass es aussah, als wäre unser Nest eine Höhle. An die Seiten hatten wir Taschenlampen gelegt, weil es draußen schon dunkel war und wir nicht das Zimmerlicht benutzen wollten.

Wir unterhielten uns dann über Dinge wie die Schule, unsere Lehrer, Eltern, Nachbarn und anderes.

Aber wir waren alle scheinbar eingeschlafen, denn erst gegen Mittag waren wir alle wieder aufgewacht und sahen uns verschlafen an -zumindest ich und Ben sahen einander an, die anderen brauchten noch ein wenig.

Ich lag am Eingang unserer Höhle, eine dicke, kuschlige und besonders warmhaltende Decke lag über mir. Ich war etwas abseits von den Anderen, aber neben mir lagen trotzdem Ben und Gustav. Mit ihnen hatte ich mich in der Nacht um die Decke gestritten (zumindest glaubte ich das, da ich im Halbschlaf immerzu mit irgendwem die Decke hin und her gezogen hatte, bis ich jemanden kurz mal ins Gesicht schlug und so gewann).

Anika hatte es nicht so gut getroffen. Sie lang eingequetscht neben dem Dicken und Fuchshaar, an ihren Füßen hing der Kleine.

Ich war als zweites aufgewacht, kurz nach Ben, weil er an meine Schulter beim Hochkommen gestoßen war.

Wir sahen erst uns und dann die anderen verschlafen an, bis wir merkten, dass die Taschenlampen noch an waren. Wir nahmen sie uns und machten sie aus. Dann brachten wir sie aus unserer Höhle und legten sie auf den Küchentisch, welcher einen Raum weiter weg stand.

„Ah, mein Gesicht tut weh. Hattest du mich in der Nacht eigentlich geschlagen, oder wer war das?" Ben rieb sich seinen Kopf und sah mich fragend an - wobei er eher an mir vorbeizusehen schien.

„Nein, warum sollte ich das tun?" Ich grinste.

Er streckte mir daraufhin die Zunge raus, beließ es

allerdings dann dabei.

Wir hatten uns auch gefragt, ob wir die anderen wecken sollten, aber entschieden uns dann doch dagegen, stattdessen gingen wir raus und bauten kleine Schneemänner und ich machte sogar einen Schneehasen, der mir sogar ganz gut gelang.

Die anderen waren nach einer Zeit auch aufgewacht, weil Anika den Arm vom Dicken ins Gesicht geschlagen bekam und sie deswegen angefangen hatte rumzuschreien.

Danach suchten uns alle, bis sie uns draußen gefunden hatten und mitmachten, irgendetwas aus Schnee zu bauen.

Wir hatten nicht mal Jacken an weswegen uns schnell kalt wurde und wir doch wieder ins Haus

gingen. Dort wärmten wir uns erstmal wieder auf und aßen Frühstück. Wieder Waffeln und Kakao. Viele Witze wurden gemacht.

Wir waren glücklich und hatten spaß.

•••

Am Nachmittag waren wir dann alle gegangen, um rechtzeitig wieder Zuhause anzukommen, auch, wenn wir gerne noch ein wenig länger geblieben wären.

Ja, wir waren glücklich und hatten Spaß. Aber das ist jetzt alles vorbei. Es ist vorbei und ich kann nichts mehr tun, außer …

Die Hoffnung, dass sich alles so wandelt, wie ich es mir erhoffe; was ich damit bezwecken will, wird sicher so auch in Erfüllung gehen. Da bin ich mir ganz sicher.

Die Zeit damals zusammen war wirklich schön, aber nun sind wir älter und die meisten sind tot.

Mein letztes Opfer war jetzt nur noch ein paar Häuser entfernt. Mein letztes Stück war fast fertig. Ich musste nur noch bis zur Dämmerung warten.

6

Nun war es also so weit.

Ich lief hinter das Haus, da ich wusste, dass es eine Hintertür hatte.

Ich hatte ganz vergessen, wie groß der Garten war, in dem ich nun stand. An den Seiten waren Beete, die zu dieser Jahreszeit, für nix benutzt wurden. Bäume standen um den Garten, da sie als Abgrenzung dienen sollten. Es gab einen kleinen Teich neben einer Garten Hütte, die bei den Beeten stand. Das Wasser war gefroren und man sah leichte Umrisse, von den Fischen, die im Wasser waren.

Ich lief zur Hintertür und sah durch ein Fenster, welches direkt daneben war.

Niemand da.

Ich machte die Tür, die immer offen war, weil Ben andauernd seinen Schlüssel vergaß, auf und ging ins Haus.

Ich erschrak, als mich etwas zu Boden riss. Ich trat und schlug um mich, aber die Kraft die auf mich wirkte, war stärker, als ich erwartet hatte.

„Waren sie wirklich so schwach? Oder hast du sie aus dem Hinterhalt getötet?"

Ich hörte auf mich zu wehren und mein, bis eben

noch verkrampftes Gesicht, lockerte sich, bis ich einen besorgten und verängstigten Gesichtsausdruck bekam. Dann sah ich nach oben. Ich sah in das verletzte Gesicht von Ben.

Er hatte denselben Gesichtsausdruck, wie damals, als Sissy getötet wurde.

„Nicht ganz. Ich hatte einfach nur eine Waffe und sie nicht."

Ich wollte ihm nicht ins Gesicht gucken. Es sah zu verletzt aus.

„Guck mich an. Ich habe auf dich gewartet und meinen Eltern sogar gesagt, dass sie heute weg gehen können. Also guck mich an!"

Ich spürte, wie eine Träne auf mein Gesicht fiel. Ich sah mit einem leeren Blick zu ihm, aber als ich ihn so sah, musste ich selber weinen. Es war schon immer so. Wir hatten am meisten miteinander zu tun. Deswegen wollte ich ihn auch als letztes töten.

„Haben sie gelitten?" Seine Stimme zitterte und er zitterte auch. Sein Griff lockerte sich und ich setzte mich auf.

Nun saß ich direkt vor ihm und sah in sein Gesicht. Ich senkte meinen Kopf und schüttelte ihn leicht. „Ich weiß es nicht ..."

„Wie kann man so etwas nicht wissen?"

Ich zuckte mit den Schultern.

„Warum tust du das?"

Nun sah ich zu ihm, mit geweiteten Augen und bekam kaum einen Ton von mir. Meine Stimme zitterte genauso, wie eben seine. „Weil ... weil ihr Anika ... Warum habt ihr das getan?"

Er sah zur Seite und flüsterte: „Das war nicht

unsere Absicht. Das war alles nur wegen dieser blöden Eifersucht ..."

„Was meinst du damit?"

Nun sah er zu mir. „Erinnerst du dich noch an unsere letzte Klassenfahr?"

Ich nickte.

Wie sollte ich die denn auch vergessen können? Da fing doch alles an, dass sie Anika so gemobbt haben.

„Wir haben doch Wahrheit oder Pflicht gespielt?"

Wieder nickte ich.

Wir hatten wirklich Wahrheit oder Pflicht gespielt. Erst nur wir sieben und dann kamen noch ein paar andere aus der Klasse dazu.

„Da gab es doch die Pflicht, dass Anika mit diesem Typen, Erik, verschwinden sollte und so."

Ja, Anika musste mit Erik verschwinden, in einen anderen Raum und das für 15 Minuten.

Sie kamen mit hochrotem Kopf zurück in den Raum und sie wollte mir nicht sagen, was passiert war.

„Martin war doch länger auf dem Klo?"

Ich nickte nur.

Er war weg, er war sogar sehr lange weg.

„Er hat die beiden ausspioniert. Und die haben wohl rumgeknutscht und so ..."

Anika doch nicht.

Ich sah ihn fassungslos an. Das war unmöglich.

So als ob er meine Gedanken lesen könnte, sagte er: „Es ist wahr. Aber er hat sie dazu gebracht. Dabei hat er auch andauert einen Namen gesagt ... deinen Namen." Er wurde rot und ich sah ihn immer noch fassungslos an. „Martin hat sich dafür bei ihr rächen wollen und weil du ihre beste Freundin bist, wollte er auch bei dir ein bisschen was machen. Und wir sind seine besten Kumpels, deswegen mussten wir ihm doch helfen.

Dann haben halt andere mitgemacht, aber das war nicht unsere Absicht."

„Der Typ hat bei mir aber nie was versucht." Ich ignorierte das, was er gerade eben sagte einfach.

„Ja ... Das hatte aber auch einen Grund." Er wurde nun dunkelrot im Gesicht. Auch wenn es schon dunkel war, das konnte ich sehen.

„Welchen?" Ich sah ihn mit einem ernsten Blick an.

„Mich."

„Wie meinst du das?"

„Ich hab ihm gesagt, dass er die Finger von dir lassen soll, sonst bekommt er es mit mir und meinen Jungs zu tun."

„Warum?"

„Warum fragst du?"

„Weil ich es wissen will. Grundlos wirst du das immerhin sicher nicht getan haben. Egal was ein Idiot du auch immer sein magst, grundlos würdest du etwas sicher nicht tun."

„Weil ...", seine Stimme wurde laut, aber dann immer leiser. Meine letzten Worte schien er einfach ignoriert zu haben. „Weil ... weil ich dich liebe." Mit diesen Worten drehte er sich von mir weg.

Diese Worte wollte ich so lange hören, aber immer lächelte er mich nur mit diesem verschrobenen Grinsen an und während dem Mobbing von Anika wäre es ohnehin unmöglich gewesen, ihn kleiden zu können -ob ich ihn nun mochte oder nicht.

Mir kamen erneut Tränen.

Er sah immer mal zu mir und dann wieder zum Fußboden, aber als er merkte, dass ich weinte, drehte er sich schnell und erschrocken zu mir um.

„Du weißt nicht, wie lange ich das schon von dir hören wollte." Meine Stimme klang durch mein Geweine etwas komisch. Etwas heiser.

„Wie? Was?"

„Ich liebe dich. Ich liebe dich wollte ich ganze Zeit von dir hören, aber dann habt ihr angefangen Anika zu mobben und habt nicht aufhören wollen. Aber ich stehe zu meiner Freundin, weswegen ich mich mit euch geprügelt habe."

„Heißt das ...?" Er sah mich mit großen Augen an und ich nickte.

„Ja, ja, ich liebe dich auch."

Es stimmte. Ich habe mich in ihn verliebt, egal was für ein großer Idiot er war. Gegen solche Gefühle kann man halt nix machen und sich aussuchen, kann man sie auch nicht.

Mit diesen Worten kam er zu mir und küsste mich. Dann ging es weiter ...

6.1

"Bist du bereit?" Ich fragte ihn leise mit meinem Messer in der Hand. Mir kamen schon etwas die Tränen.

Er nickte. „Solange du es bist."

Und mit diesen Worten stach ich ihm das Messer in sein Herz.

„Jetzt hast du mein Herz zerrissen", sagte er Blut spuckend und mit einem leichten Lächeln.

„Sag sowas nicht", sagte nun ich mit Tränen in den Augen.

Ich zog es aus ihm und begann wieder eine Blume zu zeichnen.

Ich schrieb denselben Satz, wie alle anderen Male, unter die Blume: Ihr seid schuld.

Ich nahm mir das ausgenutzte Halsband von Ben seinem Tisch, welches Sissy gehört hatte; und legte es mit in das Kästchen.

Wie damals, als sie uns Trophäen nannten, haben wir jetzt welche von ihnen, Anika.

•••

Draußen wurde es schon hell. Dieses Mal machte ich mir nicht die Mühe, mich von dem Blut zu befreien. Ich nahm nur das Kästchen, mein Messer und den Pinsel mit. Meine Tasche ließ ich hier.

Dann ging ich aus dem Haus und lief zu unserer Schule.

Bist du stolz auf mich, Anika? Nein, wahrscheinlich nicht. Aber ich musste das tun, damit wir wieder alle zusammen Spaß haben können und dieses Mal den richtigen Weg gehen. Das verstehst du doch, oder? Natürlich tust du das. Du willst nur nicht wahrhaben, dass dafür jemand getötet werden muss.

Weißt du noch damals, als wir uns das erste Mal trafen? Dein Vater ist damals gestorben und du bist an unsere Schule gewechselt. Du hast geweint und einen ruhigen Platz suchen wollen, bei dem du ungestört, ohne irgendwen, weinen konntest. Da bist du zu unserer Bank gekommen. Du hast geweint und mich gesehen. Ich wollte wissen, was mit dir ist. Du sagtest, dass dein Vater gestorben ist und dann gefragt, ob wir Freunde sein wollen. Du hast schrecklich geweint, aber als du das fragtest, hast du sofort aufgehört. Da musste ich einfach ja sagen. Ich mochte Menschen nicht mal, aber wegen dir hatten wir so viel Spaß mit den Jungs.

Ich lernte, was es heißt, nicht alleine zu sein. Dafür war ich dir dankbar, auch wenn ich die Einsamkeit mochte.

Nun bist du tot und alle anderen auch. Aber ich habe sie für dich getötet, für uns, für uns alle. Nur noch ein Stück und wir alle werden wieder vereint sein ...

Epilog

1.1

Da bin ich nun also. An unserer Bank.

Einmal haben uns die Jungs hierher verfolgt. Da haben sie uns mit Saft vollgeschüttet.

Daraufhin haben wir sie mit Dreck und Vogelkacke beworfen.

Na gut. Ich habe sie mit Vogelkacke beworfen.

Danach haben wir alle Ärger bekommen. Diese Lehrerin hat sich aber über alles aufgeregt.

Wie war ihr Name? Ich weiß es nicht mehr. Ich weiß nur noch, dass sie einen immer mit so großen Augen angeguckt hat und mit ihrer Spitzen Nase immer so seltsame Bewegungen gemacht hat.

Eine schreckliche Frau war das. Wir haben uns dann alle nur über sie lustig gemacht, weil sie darüber so gemeckert hat, wie wir denn aussehen.

Ich werde durch das Geräusch von Sirenen aus meinen Gedanken geholt. Irgendwer hat mich wohl mit dem ganzen Blut gesehen und die Polizei benachrichtigt.

Ich bin aber noch nicht fertig. Noch ein bisschen

müssen sie wegbleiben.

Ich hocke mich vor die Bank und schneide mir meinen Arm auf. Dann zeichne ich sieben Blumen auf die Bank. Eine für jeden von uns und dann schreibe ich darunter: Alle vereint, für immer.

Den Pinsel lege ich in das Kästchen.

Ich spürte, wie mein Blut aus meinem Körper verschwindet und mir kälter wird.

Ich lege mich auf den Boden und schneide mir auch auf der anderen Seite in den Arm.

Das Messer lege ich, wie alles andere auch, in das Kästchen.

Nun liege ich Seitlich auf dem Boden, leicht eingerollt. Etwas von meinem Oberkörper entfernt, liegt das Kästchen, was ich im Arm halte.

Ich höre Schreie.

Nein, es sind keine Schreie, es ruft irgendwer.

Ich höre wie jemand zu mir rennt. Es sind mehrere die irgendwas sagen, oder? Sie sagen doch etwas von retten? Dazu ist es nun aber schon zu spät. Wobei ich uns alle doch eigentlich wieder vereint habe. Habe ich uns damit nicht automatisch gerettet?

Ich spüre, wie nun auch meine letzte Lebensenergie, meinen Körper verlässt.

Ja, da sind sie. Jeder von ihnen, in einem wunderschönen, weißen, strahlendem Licht.

Sie lachen mich alle an.

Da sind sie: Konstantin, Kevin, Gustav, Martin, Ben, Sissy auch und Anika.

Ich dachte ich würde dieses Lächeln nie wieder sehen, aber nun ist es da.

Alle stehen etwas weiter hinten, außer Anika, sie

ist genau vor mir. Sie ist leicht gebückt und hält mir ihre Hand entgegen.

Ich liege auf dem Boden.

Sie hilft mir hoch und sagt: „Komm! Lass uns zu den anderen gehen."

„Ja."

Und damit gehen wir alle tiefer in das Licht hinein, gespannt, was uns dort erwarten wird ...

Epilog

1.2

Ich habe mein Leben lang, all die Jahre, so vielen Fragen gestellt.

Wozu lebe ich?

Was ist der Sinn dahinter?

Gibt es überhaupt einen?

Ich weiß es nicht. Ich wusste bis jetzt auch noch nicht, wofür ich eigentlich lebte. Ich weiß es immer noch nicht. Ich weiß einfach nicht, wofür ich gelebt habe. Aber ich weiß, wofür ich gestorben bin ...

Jeder lebt oder stirbt für etwas anderes.

Finde raus, was du wofür tust!

So wie ich ...

Nachwort

Okay, dieses Buch habe ich schon fast wieder vergessen gehabt, dabei war das das erste richtige Buch, das ich je geschrieben habe. Also dachte ich mir, dass ich es nochmal durchgehen könnte.

Die Zeit, in der es auf Wattpad war, hatten es ein paar wenige gelesen und anscheinend sogar gemocht. Also wollte ich es auch in ein echtes Buch umwandeln, sowie bereits ein paar wenige andere (2 und eins in Arbeit). Damals war es auch noch unter dem Namen *Und bald werde ich zur Mörderin* (Wobei ich auf dem Cover statt bald morgen stehen hatte)

Während ich es nochmal durchgegangen bin, ist mir aufgefallen, dass ich meinen Schreibstil beibehalten habe. Dabei ist dieses Buch bereits fast fünf (oder sechs) Jahre alt.

2019 hatte ich es auf Wattpad veröffentlich, zuvor hatte ich es aber nicht dort hochgeladen und wollte es eigentlich an einen Verlag schicken, da es aber so kurz war, habe ich mich dann doch dagegen entschieden.

Nun wird es doch ein richtiges Buch. Fast 5 Jahre später.

Danksagung

Ich möchte allen danken, die dieses Buch in ihren Händen halten und sogar lesen (und es vielleicht sogar ein wenig toll finden).

Instagram: YUMIAKAYA
YouTube: YUMIAKAYA
Wattpad: YUMIAKAYA